U0565905

坐在你身边看云

〔葡〕佩索阿 著

程一身 译

人民文学出版社
PEOPLE'S LITERATURE PUBLISHING HOUSE

图书在版编目(CIP)数据

坐在你身边看云/(葡)佩索阿著;程一身译.
—北京:人民文学出版社,2017(2025.9 重印)
(巴别塔诗典)
ISBN 978-7-02-012765-8

Ⅰ.①坐… Ⅱ.①佩… ②程… Ⅲ.①文学-作品综合集-葡萄牙
-现代 Ⅳ.①I552.15

中国版本图书馆 CIP 数据核字(2017)第 101030 号

责任编辑 **卜艳冰 何炜宏**
装帧设计 **高静芳**

出版发行 **人民文学出版社**
社　　址 **北京市朝内大街 166 号**
邮政编码 **100705**

印　　刷 **凸版艺彩(东莞)印刷有限公司**
经　　销 **全国新华书店等**

开　　本 **889 毫米×1194 毫米 1/32**
印　　张 **15.5**
插　　页 **5**
字　　数 **130 千字**
版　　次 **2017 年 8 月北京第 1 版**
印　　次 **2025 年 9 月第 14 次印刷**

书　　号 **978-7-02-012765-8**
定　　价 **88.00 元**

目录

在恋爱与禁欲之间（译序）

佩索阿不止一次引用卡莱尔的话，表示他对碎片状态的高度认同。事实上，《不安之书》就是他无数的心灵碎片，那七十二个异名自然也是他心灵的碎片。从表面上看，佩索阿面容平静，生活机械，身体里却时刻跳动着一颗不安的心。它敏感，孤闭，歇斯底里，以至人格分裂，这正是众多异名的生产基地。这里试从不同碎片中观察佩索阿的性情世界，以期对这位神秘巨人的复杂灵魂有所认知。

碎片一　从佩索阿的角度看

情书里的佩索阿最直接。先介绍一下佩索阿与奥菲丽娅的交往过程。1919 年 11 月，佩索阿三十一岁，他所在的办公室雇了一个女秘书，名字叫奥菲丽娅·奎罗斯，十九岁。在工作期间，他们开始交换眼神，传小纸条，写打油诗，最终发展成办公室里的爱情。奥菲丽娅七十多岁接受记者采访时说，他们的初吻发生在1920年1月22日。那天，公司里的其他人都已下班，他俩还在办公室，这时突然停电了，佩索阿点燃一支蜡烛，背诵着《哈姆莱特》中的台词向奥菲丽娅求爱，奥菲丽娅说当时佩索阿“像个疯子”，就同意了。可是没过多久，佩索阿显得很矛盾，有时激情，有时冷淡。这时，有个比奥菲丽娅年轻的小伙子也在追求她，奥菲丽娅就给佩索阿写了一封信，问他到底爱不爱她。1920年3月，佩索阿给奥菲丽娅写了第一封情书。九个月后，佩索阿主动提出中断联系。1929年9月，佩索阿送给一个诗人朋友一张照片，这个人恰好是奥菲丽娅的侄子，奥菲丽娅看到这张照片后，就向佩索阿另要了一张，就这样，他们又继续通信，但四个月后，佩索阿显出精神失常的迹象。此后佩索阿继续给奥菲丽娅打电话，约会，但不再写信。奥菲丽娅还给他写信，有时沉湎于和佩索阿结婚的幻想中。1931年春，她也不再写信，但每年6月13日她都会给佩索阿寄生日贺卡，佩索阿就会在6月14日（她的生日）给她发电报。佩索阿1935年去世，奥菲丽娅1991年去世。

理查德·齐尼思把他们交往的这两个阶段表述为“恋爱中的佩索阿？（1920年3月至11月）”，“疯狂的佩索阿？（1929年9月至10月）”，并用“？”表示佩索阿是否在恋爱并不确定。这种审慎的态度值得尊重，也应和了索阿雷斯的一句话：“我在任何时候的爱都是装出来的爱。”但从情书来看，他们的恋爱是事实。奥菲丽娅的终身未婚也说明这段恋情对她非同寻常。在佩索阿写给奥菲丽娅的五十一封情书中，特别值得注意的有两封，可以称为分手信（1920年11月29日）和承诺信（1929年9月29日）。在前一封信中，佩索阿委婉而决绝地退出恋爱，但给出的理由并非禁欲，而是“爱已结束”的宣告。也就是说，他否定的不是奥菲丽娅这个人。相反，在信中对她颇多溢美之词。这无疑是一种策略性的表述，它表明佩索阿既要退出恋爱，又不愿伤害对方的心理。不伤害另一颗灵魂，这是佩索阿为人的一个准则。至于他退出恋爱的深层原因，却是“我的命运属于另一种法则”。这句表述虽然模糊，但他分明意识到和她不是同路人。“另一种法则”通常被理解成写作，这在承诺信里明确显示出来：“如果我结婚，只能是和你。”事实上，佩索阿给出的这个美丽许诺是微弱的。因为他坚持先写作后婚姻的秩序：“现在我要组织这种思想的生活和我的文学作品，不容延迟。如果我不能组织它，那么我甚至不会想到考虑婚事。”文学成功构成了佩索阿进入婚姻的必要条件，而文学成功本身又是难以界定的。同时，佩索阿还说："婚姻和家庭（或一个人无论想叫它什么）是否和我思想的生活相容还无从知晓。我怀疑它。"也就是说，只有在婚姻不妨碍写作，或与思想的生活相容的情况下，他才考虑结婚。如果把这句话理解成承诺，佩索阿说他自己都是不确定的，他倾向于让时间给出答案："未来，我指的是最近的未来，会给出答案。"

由此可见，佩索阿爱写作胜过爱女人。在某种程度上可以说，写作成了他真正的伴侣："我乐于运用词语。或者说，我乐于制造词语的工作。对于我来说，词语是可以触抚的身体，是可以看见的美女，是肉体的色情。"(《惶然录·语言政治》，韩少功译）

碎片二　从卡埃罗的角度看

卡埃罗热爱自然，他声称自己是"唯一的自然诗人"(《如果有人想写我的传记》)。就此而言，《牧羊人》与《牧羊人续编》可以视为卡埃罗用诗歌完成的自然沉思录，以及对自然的客观呈现。可以说，他爱自然胜过爱她。当然，这两种爱也可以是和谐的：

和你走在一起时，我看到的河流更美丽；

坐在你身边看云
我看得更清楚……
你不曾把自然从我这里带走……
你不曾改变自然对我的意义……
你使自然离我更近了。
因为你的存在，我看见它更美好，但它是同一个自然，
因为你爱我，我同样爱它，但是我更爱它，
因为你选择了我，让我拥有你爱你，
我的眼睛在凝视万物时停留得更久。

（《恋爱中的牧羊人》第1首）

在这里，爱情强化了自然美，自然美使爱情显得更加甜蜜，这种爱情如此美好，以至于让人产生了相爱恨晚的遗憾。《恋爱中的牧羊人》第2首仍然延续了爱与自然的和谐主题，在离别的现实中写虚拟的约会：和情人在田野里采花，它尚未实现但即将实现，从约会，到想象约会，再到约会在想象中变成现实，将约会写得非常富于层次感，并给人一种想象中的约会比约会本身还美的印象，而这恰与卡埃罗的性格暗合。接下来自然背景逐渐淡去，只剩下两个恋人，不和谐因素开始出现，这是他与自然相处时未曾感到

的："当我想和她约会时，/我几乎不想遇见她，/免得随后不得不离开她。/我宁愿想她，因为不知怎地我怕她。"(《恋爱中的牧羊人》第6首）恋爱是一种典型的二人关系。一个自闭腼腆的人自然"习惯孤独而不习惯与人相处"。恋爱与自闭的强烈冲突终于在卡埃罗心中引发了一场精神错乱。组诗起初奠定的赞美语调也随之发生变化，在第七首中完全变成了挽歌语调。因此，第七首成了《恋爱中的牧羊人》中最悲哀的诗。她的美丽与爱的失落无不强化了牧羊人的孤独与痛苦："我爱过，却不被爱，这是我最终预见的唯一结局。"此时，这个"最终却无人爱"的人意识到不被爱并非暂时的现状，而是终其一生的命运。

从卡埃罗这里可以看到爱原来有两种：爱与被爱，爱别人似乎总是比被别人爱容易。所以，他感叹"我不必被爱"(《如果我年轻时死去》)。如果把"我不必拥有希望"(《但愿我的生活是一辆牛车》)视为卡埃罗的人生观，"我不必被爱"就是他的恋爱观。这五个字如同一句宣言，与其说它体现的是对寻常之爱的超脱，不如说是对理想之爱的绝望。索阿雷斯也有一句同样令人绝望的表述："被爱差不多是一件绝无可能的事情。"(《惶然录·薄情的礼遇》)。特夫男爵总结自己的一生，也发出类似的感叹："我从不曾被爱过。今天我意识到我不可能被爱了。”(《我并不拥有人们所说的爱》)在《关于性问题的笔记序言》(1915年)中，佩索阿写道：“至于感情，当我说我总想被爱而决不去爱时，我已经说了一切。”由此可见，爱与被爱的失衡使“他们”成了渴求“被爱”的人。

碎片三 从特夫男爵的角度看

特夫男爵并非没有性情欲望，但他终究是个禁欲主义者。所谓禁欲主义者源于斯多葛学派(the Stoic，来自希腊文stoa，意为柱廊)。该学派因在雅典集会广场的柱廊聚众讲学而得名。公元前300年左右，由芝诺创立于雅典。代表人物为爱比克泰德、马可·奥勒留等。他们主张以理性节制感情。佩索阿深受该派影响，一个显著标志是他的胡子。可以说，特夫男爵这个贵族后裔更多地体现了佩索阿的贵族精神及其双重失败，写作失败与恋爱失败。写作失败是因为他对写作要求过高，想写一部完美作品而不能，最后只能焚稿；造成他恋爱失败的因素固然很多，其实也存在着和写作失败相同的逻辑：他对恋爱要求过高，想追求完美爱情而不能，最后只有自杀。

从特夫男爵的经历可以看出，完美主义带来了悲观主义。而特夫男爵却从别人身上发现“悲观主义通常是性抑制的结果”：“上个世纪那三位伟大的悲观诗人——莱奥帕尔迪、维尼和安特罗·德·肯塔尔——变得使我难以忍受。他们的悲观根源于性，在他们的著作里我看出了这一点，并在他们的生活经历中得到了证实，这个发现令我感到恶心。我意识到任何人——尤其是像这三位著名诗人中的任何一个这样敏感的人——都可能陷入悲剧，无论出于什么原因，只要剥夺其性关系，就像莱奥帕尔迪和肯塔尔发生的那样，或者没有这种关系而经常渴望它，像维尼那样。”(《未完成之书》）特夫男爵充分意识到“所有粗鄙的个人都需要性这个主旋律”，他对莱奥帕尔迪等人的精神分析是建立在身体分析基础上的，这就保证了他的论述相当深入尖锐。

在我看来，特夫男爵的这个发现适用于他本人，同时也适用于佩索阿。一个佩索阿的研究者提过一个难以证实的问题：佩索阿是否一直是个童男？这个问题如果不是特别无聊，就是非常根本。值得注意的是，佩索阿曾引用过赫里克的一句诗：“他的缪斯是欢乐的，但他的生活是贞洁的。”(《关于感觉主义的笔记》）即使他未以此为典范，至少也唤起了他的共鸣。事实证明，一个人可以像佩索阿那样拒绝婚姻，甚至拒绝恋爱，却不能拒绝自身的性。1916年3月，在数百页的自动写作中，他渴望遇到一个女人使他摆脱童贞状态。这表明此时的佩索阿尚无性经历，但不久他就认识了奥菲丽娅。至于他们是否一直停留在亲吻状态我无意妄加推测，但是我发现佩索阿不止一次提到“手淫”这个词，他认为手淫者是“既不伪饰也不自欺的人”(《惶然录·爱情是习惯套语》)，是现代人的最佳象征(《关于奥斯卡·王尔德》)，并把手淫视为“‘我’的增殖”(《随意的笔记与警句》)。我相信这是他对自己日常生活的一种无意识呈现。在《给马里内蒂的信》(1917年)中，佩索阿解释未能及时回信的一个原因是，“强烈的性欲使我几乎没有时间履行其他责任，享受其他快乐”。这表明佩索阿当时是沉迷于性的。如果说特夫男爵抵制禁欲的途径是自杀的话，佩索阿则是手淫和酗酒，结果正是酗酒使他患了肝炎，并因此英年早逝。

碎片四　从索阿雷斯的角度看

《禁欲主义者的教育》中有一句话：“……我不能确定任何事情，除了对生命的肉体厌恶。”对肉体的厌恶其实是对欲望的厌恶。在《不安之书》中，索阿雷斯也认为肉体在本质上是不洁的，他看重柏拉图式的精神恋爱："相爱而不牵涉有形的身体。"(《不安之书·我们的静默夫人》，陈实译）事实上，索阿雷斯是个不相信爱情的人，他认为爱情的本质是爱自己，其中充满了劳累、伪装和错误。夏多布里昂说"人们受累于他们的爱"，索阿雷斯深表赞同，反思自己被爱的经历，他一面慨叹被他人真正爱着多么累，一面又感激爱他的人，并为她因受到自己伤害而懊悔。从中不难看出佩索阿对奥菲丽娅的态度。他之所以没有和奥菲丽娅走到一起，也许是因为他发现世上的夫妻都是错配：

> 这世界上的每一对婚配伴侣其实都是一种错配，因为每个女人在属于魔鬼的灵魂隐秘部分，都隐匿着她们所欲求之人的模糊形象，而那不是她们的丈夫；每个男人都隐匿着佳配女子的依稀倩影，但那从来不是他们的妻子。(《惶然录·假面世界》)

当然，这是理想爱情映衬下的错配。由此可见，他对爱情所持的理想倾向和贵族立场："女人是一片梦想的富矿。永远不要去碰她。……看和听是生活中唯一高尚的事情。而其他的感官都是粗俗和平庸的。真正的贵族意味着从不触摸任何东西。永远不要靠得太近——这就是高贵。”(《惶然录·女人是梦想的富矿》)，禁用触觉，用热情的眼睛盯住对方，把她变成“视觉性情人”，坚持纯粹的审美倾向：她们是用来看、听、想象的，而不是用来触摸、生育的。在《艺术家与感情》中，佩索阿写道：“最好的爱情诗通常写的是一个抽象的女人。”所谓“抽象”就是综合或理想化。就此而言，索阿雷斯倾向于用艺术家的眼光看待现实中的异性。不过，在《给不快乐的已婚女士的忠告》里，他又这样说：“高等男人不需要女人。他不通过性占有就能享受声色之美。这是女人，甚至高等女人，永远不能接受的。女人从根本上是性动物。”

碎片五　从玛丽亚的角度看

在佩索阿的众多异名中，有一个是以女性身份出现的。这个女佩索阿的名字是玛丽亚·若泽。尽管佩索阿常说他对爱和性之类的事情不感兴趣，但这个女佩索阿的作品恰恰是关于爱和性的。这是一个十九岁的女孩写给一个金属制造工的信，女孩所爱的是一个极平常的工人，但由于她天生是个驼背（符合佩索阿与卡埃罗的体征），双腿关节炎，而且患了肺结核病（佩索阿的父亲和卡埃罗均死于这种病），即将告别尘世。她就写了一封三页半的信向他表白深情而绝望的爱情。其实他们素不相识，只是那个工人每天上班时路过她家窗下（她住二楼），他们曾经对视过，但并无交谈，她却时刻想着他。每当他上下班时，她都到窗口等着，看他路过。而且他知道那个工人有个漂亮的女朋友，尽管这样她也不能停息对他的爱。至于为什么这样爱，她只是说“我喜欢你因为我喜欢你”。她最大的梦想是变成一个不同的女人，拥有不同的身材，不同的性格，以便能下楼和他说说话。她说她愿意和他说一次话然后就死。这个文本如同一个寓言，把爱的艰难写到了身体的层面，身体成了渴望爱情的人难以克服的障碍。当然，也可以说它把爱与被爱的失衡写到了极致：她那么痴情地爱他，他却一无所知。世上还有一个如此不被爱的人吗？

佩索阿说：“所有的真理都有一个悖论的形式。”（《感觉主义宣言》）常常以悖论的形式说话，是佩索阿作品的一个特征。从以上碎片来看，恋爱与禁欲显然是佩索阿生活中的悖论。时而恋爱，时而禁欲，时而从恋爱走向禁欲，时而从禁欲走向恋爱，这就是佩索阿的一生。佩索阿的禁欲限制了恋爱，或转移了恋爱的对象：与女人恋爱，与自然恋爱，与词语恋爱，与自身恋爱，与虚无恋爱，总体而言，佩索阿的禁欲并未消除恋爱。因为从根本上说，恋爱是一种肯定性的力量，与生活同向；禁欲是一种否定性的力量，与死亡同向。在一个趋向个性独立与民主自由的社会里，应如何对待恋爱与禁欲，佩索阿无疑是一个巨大的启示。

上卷

阿尔贝托·卡埃罗诗集

一

牧羊人

1 我从不曾养羊

我从不曾养羊，
可我似乎养过。
我的灵魂就像一个牧羊人。
它熟悉风和太阳
和季节手拉手举步前行
跟随并观看。
大自然空寂无人的所有宁静
来到我身旁坐定。
而我感到悲伤
如同夕阳落入想象
当它在平原的尽头变冷
你感到夜的来临
就像一只蝴蝶穿过窗口。

但是我的悲伤很平静
因为它自然而正当

理应充满我的心房
它思，故它在
我用手摘花，心却不曾察觉。

就像羊的铃铛发出声响
越过道路转弯的地方
我的心思无比安静。
唯一的遗憾是我知道它们安静，
如果我意识不到这一点
它们将会更快乐更安静
而不是在安静中感到悲伤。

思考令人不适，就像走在雨里
当风力增强，似乎雨下得更大。

我没有雄心，也没有欲望。
做个诗人不是我的雄心，
它只不过是我独处的方式。

有时，在想象里
我变成一只小羊
（或者变成一大群羊

在整个山坡上散成一片
同时化身为许多欢乐的生灵），
只有在夕阳下沉的时刻
或者一朵云伸手遮蔽了光芒
一股宁静迅速抚过草丛，
这时我才感到我写的事物。

当我坐下来写诗
或者沿着大路或小径漫步
在脑海的纸上匆匆记下诗行，
我感到手中有一根牧羊棍
并瞥见了自己的侧影
在一个小山顶上
照料我的羊群，巡视我的思想
或者照料我的思想，巡视我的羊群，
含混地微笑着，就像没听清别人说的话
却假装听清了。

我向所有阅读我的人致意，
当马车抵达山顶
他们看到我站在门口
我向他们挥舞宽边帽

我向他们致意，为他们祈祷阳光，
如果他们需要雨，我就为他们祈祷雨，
但愿他们坐在家中
一张心爱的椅子上
阅读我的诗
挨着一扇敞开的窗子。

当他们读到我的诗，我希望
他们认为我是个自然的诗人——
就像他们儿时
玩累了，在一棵老树的
凉荫里，砰的一声坐下来，
用那种有条纹的罩衣袖子
擦去他们额头上发烫的汗水。

1914 年 3 月 8 日

2 我的目光清澈

看的时候，我的目光清澈如向日葵。
我习惯于走在路上
左顾右盼
有时还向身后看看……
每一刻我看到的东西
都是我以前从没见过的，
我知道如何更好地观看……
我知道如何保持一个孩子
会有的那种惊奇，如果它
真正目睹自身的诞生……
每一刻我都感到自己刚刚出生
在这个全新的世界上……

我信任这个世界就像信任一朵雏菊，
因为我看见了它。而不是想到了它，
因为思考就意味着不理解……

这个世界的诞生并非为了让我们思考
（思考意味着视力不好）
而是让我们观看并认同……

我没有哲学，我只有感觉……
如果我谈到了自然，并非因为我懂它
而是因为我爱它，至于我爱它的理由
那是因为当你爱时你从不明白你爱什么
或为什么爱，以及爱是什么……

爱就是永恒的纯真，
而唯一的纯真就是不思考……

1914 年 3 月 8 日

3 读塞萨里奥·维尔德[1]

夜间，从窗台探出身，
窗外的原野径直浮现在我眼前，
我在读塞萨里奥·维尔德的书
一直读到双眼冒火。

我真为他感到难过！他像一个乡下人
穿过城市就像被保释。
但是他观看房屋的方式，
注视街道的方式，
以及接受事物的方式
就像一个人观看树木，
或者低头注视着所走的道路
或者品味田野里的花朵……

---

① 塞萨里奥·维尔德（1855—1886），葡萄牙诗人。生前不为人知，死后被誉为葡萄牙最重要的诗人之一。

因此，他异常悲伤
永远不能说出他真正想说的话，
走在城市就像走在乡村，
悲伤得如同夹在书中的花朵
如同装在罐子里的植物……

4　这个下午暴雨骤降

这个下午暴雨骤降
暴雨沿着山坡上的天空滚下来
像一堆巨大的砾石……

就像有人从很高的窗子抖动桌布，
所有的摩擦声都会合在一起
在它们落下时形成喧闹的噪声，
从天而降的雨线嘶嘶作响
使所有道路陷入昏暗……

闪电在空中一闪
天空摇动起来
像一颗巨大的脑袋摇头说“不”
我不知道为什么——我不感到害怕——
我开始为圣巴巴拉祈祷①

---

① 圣巴巴拉，早期的基督徒和殉教者，但其历史可疑，传说她生活于3世纪。9世纪起受到普遍崇拜。

仿佛我是大人物的老姨妈……

啊！通过为圣巴巴拉祈祷
我感到我比想象中的自己
还单纯……
我感到如在家中，舒适自在
就像我已经安静地穿越了人生，
就像我院子里的墙壁；
我拥有思想和感觉
就像花朵拥有香气和色彩……

我想成为信仰圣巴巴拉的人……
啊，能够信仰圣巴巴拉！

（那些信仰圣巴巴拉的人
哪个不相信她和我们一样是可见的？
否则，他们怎么还会相信她？）

（多么虚假！花朵，树木和羊群
对圣巴巴拉知道什么？……如果一条树枝
能够思考，它永远也不会
编造圣人或天使……

它也许能够想到太阳
发出光芒，而暴雨
是一阵伴随着闪电的
轰然噪声……
啊，最简单的人
是多么病态、糊涂和蠢笨！
竟然和存在于树木与植物中的
透明的朴素与健康
紧密为邻！）

我，思考着这一切，
再次变得郁郁寡欢……
我变得忧郁、厌倦、沮丧
就像雷声轰响了一整天
直到夜晚，暴雨也不曾降临……

5　丰富的形而上学

丰富的形而上学存在于对事物的不思不想之中。

关于这个世界我能想到什么？
我对这个世界没有任何观念！
如果我病了，我才会考虑这种事。

关于事物我有什么观念？
关于因果我有什么主张？
关于上帝和灵魂
以及世界的创造我有什么沉思？
我不知道。对我来说，考虑这种事等于关闭我的眼睛
而不思考。它将关闭我的窗帘
（但是，我的窗户没有窗帘）。

事物的神秘？我对神秘一无所知！

唯一的神秘存在于那些思考神秘的人当中。
当你在太阳下闭上眼睛，
你逐渐意识不到太阳是什么
只是想到各种温暖的事物。
但是当你睁开眼睛看到太阳
你就不会再考虑任何事情，
因为太阳的光
比所有诗人和哲学家的思想更真实。
阳光不知道它在做什么
因此它永不犯错，而且普遍有益。

形而上学？那些树有什么形而上学？
它们枝繁叶茂，绿意充盈
按时结出果实，这些果实并不使我们思考，
甚至没有引起我们的注意。
但是哪种形而上学能胜过它们？
它们不知道它们为什么而活
甚至没有意识到这种无知。

“事物的内在结构……”
“宇宙的内在意义……”
所有这些东西都是假的，毫无意义。

有人竟然那样考虑事物，简直不可思议。
就像当晨光开始闪耀，树梢上
一片朦胧的金光驱散黑暗时
思考它们的理性和目的一样。

思考事物的内在意义
是多此一举，就像在健康时想到健康，
或者将玻璃杯子投入泉水。

事物唯一的内在意义
就是它们根本没有内在意义。

我不相信上帝，因为我从未见过他。
如果他想让我相信他，
让我不怀疑，他就应该来和我谈话，
走进我房里，
告诉我，“我来了！”

（也许有人觉得这听起来可笑
因为他们不知道观看事物意味着什么
不理解一个人在谈论事物时
怎么能说出通过观看得知的一切。）

但如果上帝是花朵和树木
是山峦、太阳和月亮，
那我就会相信他，
我就会时刻相信他，
我的整个生活是一次祈祷，一次弥撒，
一次用眼睛和耳朵完成的圣餐仪式。

但如果上帝是树木和花朵
是山峦、月亮和太阳，
我为什么要叫他上帝？
我叫他花朵、树木、山峦、太阳和月亮；
因为如果他为了让我看见
假装自己是太阳、月亮、花朵、树木和山峦，
如果他以山峦、树木、月亮、
太阳和花朵的形式向我显现，
这是因为他想让我认识他
把他当作树木、山峦、花朵、月亮和太阳。

因此，我服从他，
（我对上帝的了解怎么能比上帝对自身的了解还多？）

我自然地生活，服从他，
就像一个人打开自己的眼睛和耳朵，
我叫他月亮、太阳、花朵、树木和山峦
我爱他而不思考他，
我通过观看和倾听思考他，
我和他时时刻刻在一起。

6　想到上帝就是违背上帝

想到上帝就是违背上帝，
因为上帝不想让我们认识他，
所以他从不向我们显身……

让我们单纯而安静，
如同溪流和树木，
上帝爱我们，为我们创造了
美丽的事物，比如树木和溪流，
并赐予我们春天的绿色，
还赐予我们一条河流，直到我们此生了结……
别的便没有什么了，因为他送给我们的越多，
从我们这儿带走的就会越多。

7　我们唯一的财富

从我的村庄，我看到的宇宙万象和你从地球上看到的一样多……

所以，我的村庄和任何城镇一样大

因为我是我观看的尺度，

这与我的高度无关……

此刻，我待在山顶的房中

而在城里，生活是狭小的。

城里的高楼大厦封锁着眼睛

遮蔽了地平线，将我们的凝视与远方的蓝天重重隔开，

高楼大厦使我们变小，因为它们剥夺了眼睛所能看到的广大，

高楼大厦使我们贫穷，因为我们唯一的财富是观看。

8　少年耶稣的故事[①]

临近春末的一天中午
我做了一个酷似照片的梦。
我看见耶稣基督来到尘世。

他沿着一座小山下来
又变成了一个少年，
在草地上时而跑动，时而打滚
摘了许多花，又把它们扔掉，
他大笑着，从很远的地方都可以听见。
他从天国逃出来。
他很像我们不会伪装

① 少年耶稣这个令人震惊的梦可能是所有现代诗歌中最具原创性的作品。在卡埃罗的作品中，似乎存在着一种彻底的不可能，即他不可能不新颖地感受一切。他的意见出自这样一个人之手，他渴望告诉上帝关于世界起源的一些事情。他似乎比我们所有其他人都年轻几个世纪，并只有通过他新颖构思中的短缺、虚弱或犹豫才能和我们联系在一起。他的诗性思想的空隙塞满了我们衰竭的思想模式的碎片……——原注

他是三位一体的第二位。
天国里的一切都是假的，花朵、树木和石头，
一切都乱了套。
在天国，他总是不得不保持庄重，
并且有时不得不一再变身为人
然后爬上十字架，承受无尽的死亡
他头上戴着一顶荆棘编成的王冠，
双脚被巨大的钉子刺穿
腰间还围着一条破布
就像版画中的非洲黑人。
他甚至不被允许有爸爸和妈妈
像别的儿童那样。
他爸爸是两个不同的人——
一个是名叫约瑟夫的老头，是个木匠，
并非他的生父，
另一个父亲是一只愚蠢的鸽子，
世界上唯一丑陋的鸽子
因为它既不是鸽子也不属于这个世界。
他妈妈不曾嫁人就生下了他
她甚至不是一个女人：她是个手提包
在手提包里他从天而降。
他们需要他，这个由妈妈独自生育的人，

从没有父亲可以敬爱，
并教导他善良和正义！

一天，上帝睡着了
圣灵飞升而去，
他进入一个宝盒，偷去三件法宝。
借助第一件法宝，无人知道他已逃走。
借助第二件法宝，他成为人间一个永久的少年。
借助第三件法宝，他创造了永远被钉在十字架上的基督
把他钉在天国的十字架上
在那里他被视为其他基督徒的榜样。
然后他逃向太阳
顺着他抓住的第一道光线下到凡世。

现在他和我一起生活在我的村子里。
他是个可爱、自然、微笑着的孩子。
他用右胳膊擦鼻子，
在水坑里到处泼水，
采了许多花，爱它们又把它们遗忘。
他朝驴子扔石头，
从果园里偷水果

在狗的狂吠与尖叫声中飞快逃跑。
因为他知道他们不喜欢他
而其他人都觉得他可笑，
他追求那些少女，
她们成群结队地走在路上
头上顶着水壶
他掀起她们的裙子。
他教导了我一切。
他教我如何观看事物。
他向我展示所有正在开花的事物。
他教我当手里拿着石头时
可以观察它们一会儿，
这样石头就会显得很奇妙。

他告诉我关于上帝的许多坏事情。
他说上帝是个愚蠢而有病的老头，
总是随地吐痰，
还说下流的话。
圣母马利亚整个下午都在织袜子。
圣灵用它的嘴给自己瘙痒
然后坐在扶手椅里，把它们弄脏。
天国的所有事情都愚蠢，就像天主教堂。

他告诉我上帝对他创造的事物
一无所知——
“如果是他创造了他们，这值得怀疑”——
“比如，上帝宣称所有人都歌唱他的荣耀，
但是人们什么也不歌唱。
如果他们歌唱，他们就是歌手了。
所有人存在着，再无其他，
因此，他们被称为人。”

后来，他给我讲上帝的恶行讲累了，
少年耶稣在我怀里睡去
我抱着他回到家里。

他和我待在我山间的房子里。
他是个永远的孩子，迷失的上帝。
他是个自然的人，
他是个微笑和玩耍的神。
我确信，这就是我认识的
真正的少年耶稣。

这个孩子如此富于人性，他的神圣
就是我作为一个诗人的日常生活，

这是因为他总是和我在一起，而我总是一个诗人，
我最轻微的一瞥
都充满了感情，
最细小的声音，无论它可能是什么，
听起来都像对我说的。

这个待在我住处的新孩子
把他的一只手伸向我
另一只手伸向存在的万物
因此，无论走在什么路上，我们仨都结伴而行，
又是跳又是唱又是笑
对我们共有的秘密欣然于心。
所谓共有的秘密就是深知
这个世界上并无秘密
而万物都有价值。
这个永恒的孩子总是陪着我。
我的眼睛凝视着他指点的手指。
我对所有的声音都专注而快乐地倾听
他戏谑地逗乐了我的耳朵。

在万物的陪伴下
我们相处得如此友好

我们从没有想到彼此，
但是我们俩生活在一起
具有一种内在的和谐
就像右手和左手。

夜幕降临时，我们在家门口
玩抛接子游戏，
那种庄重符合上帝和诗人的身份，
好像每个弹子
都是一个完整的宇宙
因此，如果让它落到地上
将是一个巨大的危险。

后来我告诉他只有人能做的事情
他笑了，因为那都是不可思议的。
他嘲笑国王，也嘲笑那些不是国王的人，
听到战争时，他感到受了伤害，
还有商业，轮船冒出的浓烟
悬浮在公海上。
因为他知道所有这些都不真实：
一朵花在盛开
随阳光而移动

改变了山峦和深谷
使粉刷的墙壁刺人眼睛。

然后他入睡了，我送他上床。
把他抱在怀里，送到屋里
让他躺下来，慢慢地脱去他的衣裳
就像遵循圣洁的宗教仪式
像母亲一样对待他，直到他赤身裸体。

他睡在我心中
有时在夜间醒来
和我的梦一起玩耍。
他把我的梦抛满了天空，
把一个梦放在另一个梦上面
然后一个人拍手称快
冲着我的睡姿微笑。

当我死去，小孩子，
让我成为一个孩子，最小的孩子，
把我紧紧抱在怀里
抱着我进入你的房间。
脱去我疲惫的人体形骸

把我放在你的床上。
每当我醒来，给我讲故事，
以便使我再次入眠。
把你的梦给我玩耍
直到那一天来临——
你知道我指的是哪一天。

这就是我的少年耶稣的故事。
和哲学家的所有思想
和宗教教导的一切相比
为什么它不太真实
这到底是什么原因？

9　我是一个牧羊人[①]

我是一个牧羊人。
羊群是我的思想
而我的思想都是感觉。
我用眼睛和耳朵思想
用手和脚思想
用鼻子和嘴巴思想。

思考一朵花就是看它并嗅它
吃一颗水果就是品尝它的意义。

因此，在一个大热天

① 得知这首最具原创性的清澈诗歌，这首当今最纯粹的诗歌，竟然出自一个唯物主义者之手，我们不应陷入邪恶的怀疑。得知这个彻底而绝对的唯物主义者却拥有神秘主义者所有精神优雅的品质，我们一定不要过于在意那种天然的矛盾。如果有人告诉我们有个当代诗人，他创造了一种全新的诗歌，与我们的创作完全不同——也许我们应选择转过身去，几乎不［……］阿尔贝托·卡埃罗意识到了所有这些矛盾。我们赞颂这位最具原创性的现代诗人，所有时代中最伟大的诗人之一……——原注

我乐极生悲，

于是，我躺在草地上

关闭热情的眼睛

我感到我的整个身体躺在现实里，

我因体验到真理而快乐起来。

10　嗨，牧羊人[①]

“嗨，牧羊人，
你待在路边
吹拂的风对你说了什么？”

“它是风，它在吹，
此前风在吹
今后还会再吹。
它对你说了什么？”

“比你说的多得多。
它对我说了许多别的事情。
说到记忆和怀念
说到从来不存在的事情。”

---

① 他的诗如此自然，有时看起来并不伟大，也不卓越……这首诗如此自然而朴实，以至于我们忘了它是全新的，完全原创的。——原注

“你从不曾听过风吹。
风只谈论风。
你从风中听到的是谎言，
而谎言植根于你的内心。”

11　那位女士有一架钢琴

那位女士有一架钢琴。
它的声音很美妙，但不是河水在奔流
也不是低语的树木发出的声音……

谁需要钢琴？
最好拥有听力
并热爱自然。

（本诗的另一个版本）

那位女士有一架钢琴。
它的声音很动听，但这是她演奏出来的。
她演奏的是一支现成的曲子，
不是狭窄小溪的单调水声
也不是远方高树发出的声音。

最好没有钢琴

只倾听事物天然的声音。

1930 年 1 月 1 日

12　维吉尔的牧羊人[①]

维吉尔的牧羊人吹奏笛子和其他乐器
他们文雅地歌唱爱情。
(所以他们说——我从不曾读维吉尔。
我为什么要读他呢?)

维吉尔的牧羊人——可怜的家伙——就是维吉尔,

而自然是美丽而古老的,它时刻呈现在我们眼前。

1919 年 4 月 12 日

① 维吉尔(前 70—前 19),古罗马大诗人,著有长诗《牧歌》、《农事诗》,史诗《埃涅阿斯纪》等。

13 轻轻地

轻轻地，轻轻地，极轻极轻地
一阵风极轻地吹过来，
又吹过去，依然是极轻的，
我不知道我在想什么，
也不想知道。

14　我不为韵律操心

我不为韵律操心。两棵树
从来不会完全相同，一棵挨着另一棵。
如同花开而有色，我思考并写作，
只是表达自己的方式不太完美，
因为我缺乏神赐的朴素
只是把自己整个袒露出来。

我观看，并随之感动，
感动就像水随地势起伏而流淌，
我的诗如此自然，就像起风……

1914 年 3 月 7 日

15　夜间灵魂的风景[①]

这首歌后面的四首歌
和我想的一切截然不同，
对我感到的一切制造谎言，
这与我的本性相反……

我在病中写下它们
因此它们是自然的
它们与我的感受一致，
它们和它们不一致的事物一致……
由于疾病，我的思想
应该和健康时的想法相反

① 在卡埃罗的诗中，我欣赏的是强烈的思想——是的，一种理性——将他的诗结合成一个统一的整体。事实上，他从不自相矛盾，即使似乎出现了自相矛盾之处，在他作品的某些角落里，存在着预见与答复的辩解。思想战胜了灵感，这不是作品自身的一种深刻的连贯性吗？或者像希腊人那样感受并透视一切，这不是一种深刻的天才吗？无论在哪种假设里，这个文学大师都是伟大的，对于我们这个时代这些多彩的琐碎甚至太卓越了。——原注

（否则我就不曾患病），
我的感受
应该和健康时的感受相反，
我应该向我的天性奉献谎言
违背我作为一个人感到的某种确定性……
我应该全部患病——从观念到一切。
在病中，我不会因别的事生病。

因此，这些否定我的歌
并没有力量否定我
它们是我夜间灵魂的风景，
同一颗心相反的两面……

16 但愿我的生活是一辆牛车

但愿我的生活是一辆牛车，我乐意献出一切
每天清晨嘎吱作响地走在路上
一大早就动身，沿着同一条路
在暮色中返回出发的地方。

我不必拥有希望——只需要轮子……
我的老年不可能长出皱纹或白发……
当我一无所用，他们就会拆下我的轮子
将我推翻在沟里折断，任我死去。

要不他们就会把我改造成其他东西
我也不清楚我会被改造成什么……
但我不是牛车，我是别的事物
以及我是怎么不同的，却无人告诉我这些。

1914 年 3 月 4 日

17 色　拉[①]

我盘子里的“自然”多么混乱！
我的植物姐妹，
春天的伙伴，那些圣人
却无人向他们祈祷……

她们砍下它们，来到我们桌边
旅馆里的客人异常喧闹
她们背着捆扎好的毛毯走进来
漫不经心地点着“色拉”……

没有想到她们向大地母亲要求
她的新鲜和她的第一个孩子，
她说的第一句稚嫩的话，

① 在第 17 首诗里，我们可以轻易看出卡埃罗的主要影响：塞萨里奥·维尔德与葡萄牙的新泛神论派。第七行纯粹是塞萨里奥·维尔德式的句子。其语调总体上比较接近帕斯卡埃斯。——原注

第一件生动而闪光的事物，
诺亚看到
当洪水下降，山顶
露出绿色和湿地
而在鸽子出现的空中
彩虹正在闪闪发光……

1914年3月7日

18　但愿我是路上的尘土

但愿我是路上的尘土
让穷人的脚踩在我身上……

但愿我是奔流的河水
让洗衣女工站在我的岸上……

但愿我是靠近河流的杨树
只有天空在我上面，河水在我下面……

但愿我是磨坊主的一头驴子
让他打我并照料我……

和过了一辈子却习惯于回想
和懊悔的人相比，这样要好得多……

1914 年

19　月光在草上闪耀

月光在草上闪耀，
我不知道它让我想起什么……
它让我想起我的老女仆
她给我讲童话故事
我们的圣母穿得多么像乞丐
夜间走在路上，
帮助被虐待的儿童……

如果我不再相信它们是真的，
为什么月光还在草上闪耀？

20　我村庄的河流

特茹河比流经我村庄的河还美丽，
但是特茹河并不比流经我村庄的河更美丽，
因为特茹河不曾流过我的村庄。

特茹河上有许多轮船，
对于那些观看已消失的一切的人来说，
河面上仍静静地航行着
记忆中的大帆船。

特茹河发源于西班牙
流经葡萄牙注入大海。
人人都知道这一点。
但是很少有人知道我村庄河流的名字
以及它从哪里来
流到哪里去。
因此，它属于少数人，

我村庄的河流更自由，更阔大。

特茹河通向全世界。
比特茹河更远的是美国
和你可能在那里发现的金矿。
但没有人想过
什么比我村庄的河流更远。

我村庄的河流不会让你想起任何事情。
当你站在它的岸边，你只是站在它的岸边。

21 如果我能咬整个世界一口

如果我能咬整个世界一口
用我的腭细细品味它
如果大地可以吞食
那一瞬间我会更快乐……
但我并不想一味快乐。
有时陷入不快
却显得非常自然……
并非每一天都是晴朗的。
如果长期不下雨，我们就会期盼它来临。
因此，我对待不幸和幸福
很自然，就像有高山与平原
有岩石与草地，
我对此不会感到惊奇……

无论幸福与否，
最重要的是自然和平静

像常人观看一样感受，

像常人走路一样思考，

当死亡来临，记住死亡的日子，

落日是美丽的，剩下的夜晚是美丽的……

这是事物存在的方式，也是我想要的方式……

1914 年 3 月 7 日

22　夏日之光

就像有人在夏天打开自己的房门
用他的整张脸凝视田野的热浪
有时，自然突然向我打来一记耳光
正好落在我感受的脸上，
我变得迷惑、烦恼，渴望理解
我不能真正理解的道理和事物……

但是谁在告诉我渴望理解？
谁说我不得不理解？

当夏日之光照过来，它的热风
像手一样贴在我脸上，
我并不因为它是微风而感到快乐，
也不因为它热而感到不快乐，
无论如何我感觉它，

所以，我应该像我感觉它的那样感觉它，因为这是我感觉它的方式……

23　我的目光像天空一样蔚蓝

我的目光像天空一样蔚蓝，
像阳光下的水一样平静。
就是这样，蔚蓝而平静，
因为它不怀疑，也不诧异。

如果我怀疑或变得诧异
新的花朵就不会在草地上开放
太阳下的一切也不会变得更美。

（即使新的花朵在草地上开放
太阳变得更美，
我也感觉不到草地上的花朵
发现不了太阳的美
因为万物有其本性，所以事物如其所是，
我接受，并不为此而感激，
因为那会暗示我想到了它……）

24　我们从事物中看到什么

我们从事物中看到什么就把它视为事物本身。
如果有别的事物，我们为什么要看这件事物呢？
如果观看与倾听只是观看与倾听
那么，观看与倾听怎么会变成自我欺骗呢？

最重要的是知道如何观看，
知道如何不假思考地观看，
知道观看时如何观看，
观看的时候不思考
思考的时候不观看。

但这（可怜我们只有穿着衣服的灵魂！）——
这需要深入研究，
做一个学会忘却的学徒，
隔离那女修道院的自由，
诗人声称那里的星星是永恒的修士，

花朵是只活一天的悔过的修女，

但那里的星星事实上只不过是星星，

花朵只不过是花朵，

这正是它们被叫作星星和花朵的原因。

1914 年 3 月 13 日

25　那个自娱自乐的小孩[①]

那个自娱自乐的小孩
用一根麦秆吹出那些肥皂泡
其中显然包含了一整套哲学。

清澈，无用，像自然一样飞逝，
属于养眼之物，
它们用一个既小又圆的精确气体
保持了自己的本质，
没有人，甚至包括那个吹气泡的孩子，
妄称它们比自身显示的更多。

在透明的空气中，有些气泡难以看到。
它们就像一股微风吹过，不曾吹动花朵

① 第 25 首诗极其完美，这首诗看起来真像他思想的飘浮的肥皂泡。——原注

而只有我们知道它在吹
因为有些事物照亮了我们的内心
可以更透明地接受一切。

1914 年 3 月 13 日

26　我对事物以美相称

有时，日子发出完美而精确的光线，
既然事物包含了它们所有的真实性，
我慢慢地问自己
为什么我还
把美奉送给事物。

一朵花真的拥有美吗？
一颗水果真的拥有美吗？
不：它们只有颜色
形式和存在。
美是对不存在的事物的命名
我对事物以美相称，是因为它们给我带来了快乐。
它毫无意义。
那么，我为什么说，“事物是美的”？

是的，面对事物，

面对朴素存在的事物，

甚至包括我这个生活单纯的人，

也不知不觉受到人们谎言的侵袭。

忠实于自己，只看能够看见的东西，这是多么困难！

1914年3月11日

27　只有自然是神圣的

只有自然是神圣的，而她又不是神圣的……

如果我谈她就像她是一个人
这是因为我需要用人的语言谈论她
人的语言赋予事物以人格，
并为事物强行起一个名字。

但事物并不具有名字或人格：
它们存在，天空广大、土地辽阔，
而我们的心只有一个紧握的拳头那么大……

为了我不知道的一切，赐福于我吧。
这确实是我的全部。
我热爱这一切，就像一个人知道太阳的存在。

28　神秘的诗人

今天我读了将近两页
这本书是由一个神秘诗人写的
我大笑起来，就像嚎啕大哭。

神秘的诗人是病态的哲学家
而哲学家是疯狂的。

神秘的诗人说花可以感觉
并说石头有灵魂
说河流在月光下充满狂喜。

但是如果花朵可以感觉，它们就不是花朵了，
它们将会成为人；
如果石头有灵魂，它们就是生物，而不是石头了；
如果河流在月光下充满狂喜，
河流将成为病人。

只有那些不理解花朵、石头和河流的人
才谈论他们的感觉。
谈论石头、花朵和河流的灵魂，
就是谈论他们自己和他们的虚假思想。
感谢上帝，石头只是石头，
河流只是河流，
花朵只是花朵。

至于我，我写我的散文诗
我很平静，
因为我知道我理解自然的外观
而不理解它的内核
因为自然并没有内核；
如果有内核的话，它就不是自然了。

29 我并不总像我所说和所写的那样

我的所说和所写并不总是一致。
我变化，但整体上变化不大。
阳光下花朵的颜色不同
于一朵云飘过时
或者当夜幕降临时
花朵就是阴影的颜色。

但任何人都能看出它们是同样的花。
因此当我似乎与自己不一致时，
仔细地观察我吧：
有时我倾向于右，
也许我会向左转，
但它仍然是我，站在同一双脚上——
一贯相同，感谢蓝天和大地
感谢我专注的眼睛和耳朵
感谢我清澈朴素的心灵……

30　我的神秘主义

如果他们想让我获得某种神秘主义，好的，我有一种。

我是一个神秘主义者，但只限于我的肉体。
我的心灵单纯，它不思考。

我的神秘主义无意认知。
它是生动的，并不想到自己。

我不知道自然是什么：我歌唱她。
我生活在一座小山之巅
在一个粉刷过的孤单房子里，
那是我的限定。

31　如果我有时说到花朵微笑

如果我有时说到花朵微笑
说到河流歌唱，
这不是因为我相信花朵里有微笑
奔流的河水里有歌声……

这是因为我想帮助被误导的人
更准确地感受花朵与河流的真实存在。

因为我写作是为了让他们阅读，有时便牺牲了自己
屈从于他们那种愚蠢的意义……
我不同意我自己，但我原谅了自己
因为我只关心这一点：一个自然的解释者，
因为人们并不理解它的语言，
因为它根本不是一种语言……

32　小酒店门口的谈话

昨天下午，一个都市打扮的男子
在小酒店的门口谈话。
他也和我谈话。
他谈到正义，以及为争取正义而进行的斗争
还谈到受苦的工人，
连续不断的工作，挨饿的人们，
以及富人，他们总是不肯周济穷人。

他看着我，看到我眼里的泪水
同情地微笑着，相信我感到了
他感到的那种仇恨，以及他说
他感到的那种同情。

（但我并不曾真正听他说话。
我关心他们什么，
他们的受苦，或者思考他们受苦？

让他们像我一样——然后他们就不会受苦。
世上所有的罪恶来自我们的相互折磨，
无论行善还是作恶。
心灵、天空和土地对我们来说已经足够了。
如果想多要一些，只会失去它，并感到不快乐。）

当那人的朋友谈话时
（这使我感动得流泪），
我正想着那天傍晚
羊的铃铛发出遥远的触碰声
听起来不像小教堂的钟声
却在召唤花朵和溪流
以及像我一样朴素的心灵共同参加弥撒。

（我赞美上帝，我不是一个好人
像花朵一样怀着本能的自私
像河流一样沿着河床流淌
如此专注以致意识不到它们的存在
只关心盛开与流淌。
这是世界上唯一的使命：
清晰地存在着，

这样做，却不假思索。）

那个男子停止了谈话，看着落日。
但是落日对既恨又爱的人有什么好处呢？

33　可怜的花

可怜的花长在被修剪过的花坛里。
它们看上去就像害怕警察……
但它们仍然很真实，以同样的方式开花
并拥有同样古老的色彩
它们疯狂地期待人的第一次凝视
使看到花朵的人感到震惊，并轻抚它们
以至于也能用手指观察它们……

（另一个版本）

可怜的花长在管理严格的花坛里。
它们看上去就像害怕警察……
尽管如此，它们仍然善意地为我们开花
并露出同样古老的微笑
它们期待第一个人的凝视
看着它们萌发，并轻抚它们
以查看它们能否说话……

34　我发现不思考是多么自然

我发现不思考是多么自然
有时我开始独自大笑，
我真的不知道原因，但它
跟那些思考的人有关……

我的墙对我的影子想到了什么？
有时我对此感到疑惑，直到我意识到
我当时的疑惑……
随后我对自己很恼火，感到不安
就像我的脚陷入睡眠……

这个事物对那个事物想到了什么？
什么也没有。
大地意识到了它的石头和庄稼了吗？
如果意识到了，它就是人，
如果它是人，它就会有人的本性，它就不是大地了。

但所有这些跟我有什么关系？

如果我琢磨这些事情，

我就会看不到树木和植物

也看不到大地

而只能看到我的思想……

我将会变得不快乐，并停留在黑暗中。

因此，不要思想，我就会拥有大地和天空。

35　月光穿过高高的树枝

月光穿过高高的树枝，
所有诗人都说
不只是月光穿过高高的树枝。

但是对于我这个不知道思想的人来说，
月光穿过高高的树枝
除了
月光穿过高高的树枝，
再无其他，
只是月光穿过高高的树枝。

1914 年 3 月 11 日

36　有些诗人是艺术家

有些诗人是艺术家
他们制作诗歌
就像木匠使用木板！……

不知道如何开花多么悲哀！
不得不把诗节排在诗节上，就像砌墙，
观看每一点是否完善，如果不完善就把它拆掉！……

唯一有艺术性的房子是整个地球
它富于变化，一贯完善，而且总是那一个。

我考虑它，不是思考，而是呼吸，
我观花而微笑……
我不知道它们是否理解我
或者我是否理解它们，

但我知道真理存在于它们中，也存在于我心中

存在于我们共有的神明中，

正是它使我们在地球上走动和生活

偎依着穿过满意的季节

让风歌唱着催我们入眠

并在睡眠中不会做梦。

37　落日缓行在云彩的左侧

像一大团肮脏的火焰
落日缓行在云彩的左侧。
在异常安静的傍晚，从远处传来模糊的口哨声。
必定是火车离开了那儿。

此刻我感到一种模糊的向往
一种不太清晰的温和欲望
出现又消失了。

有时，在小溪的表面，
形成许多水泡
然后变大，破裂
毫无意义
除了水泡的
变大和破裂。

38　同一个太阳

颂扬异地的同一个太阳
使所有人成为我的兄弟
因为所有人，在某天的某个时刻，都像我一样观看它。
在这个纯净、透明
而伤感的时刻，
他们中的一些人踏上归程
伴随着一声几乎感觉不到的叹息
对于真正的原始人来说
他们看到日出并不崇拜。
因为那是自然现象——比崇拜
太阳、上帝和其他
一切不存在的事物还自然。

39　事物的神秘

事物的神秘，它在哪里？
它为什么不出来
向我们显示一丁点儿神秘？
河流和树木对此知道什么？
而我，和这些事物一样，又知道什么？
每当我观察事物就想起人们对它们的看法，
我大笑，就像一条小溪遇到石头时发出的冷酷声音。

因为事物唯一的隐藏意义
就是它们根本没有隐藏的意义，
这是最怪异的事情，
比所有诗人的梦
和所有哲学家的思想还怪异，
事物确实是它们看上去的样子
并没有什么可理解的。

是的，这就是我完全凭借感觉学到的东西：——
事物没有意义：它们只有存在。
事物是事物唯一的隐藏意义。

40　一只蝴蝶在我前面飞

一只蝴蝶在我前面飞
在世界上我第一次注意到
蝴蝶没有色彩，也没有运动，
就像花朵没有香气，也没有色彩。
色彩只是一只蝴蝶翅膀里拥有的色彩。
在蝴蝶的运动里，运动就是运动的事物。
香气只是一朵花的香气里拥有的香气。
蝴蝶只不过是蝴蝶。
而花朵只不过是花朵。

1914年5月7日

41　有时在夏天的夜晚

有时在夏天的夜晚，
甚至连微风也没有，似乎
有一缕轻风吹拂了片刻……
但树木的每一片叶子
保持静止
我们的感觉有一种幻想，
那一瞬间，有一种取悦它们的幻想……

啊，我们的感觉，病态的观看和倾听！
让我们遵循我们的本性
而不受控于我们心中对幻想的需要……
对我们来说，用真相和生活来感受就足够了
甚至不要考虑感觉有什么用……

但是感谢上帝，这个世界并不完美
因为事物不完美

难免有人犯下第一次错误
这些病人为世界增添了趣味。
如果没有不完美，那就会少一件事物
就会有许多事物
以便我们有许多可看可听的东西
（只要我们的眼睛和耳朵不关闭）……

1914 年 5 月 7 日

42　一辆马车走在路上

一辆马车走在路上，持续不停；

道路没有变得更美或更丑。

这就是人对外部世界的所有影响。

我们什么也不带走，什么也不增加，我们只是经过，然后遗忘；

而太阳总是正确的，它每天都很准时。

1914 年 5 月 7 日

43 我宁愿像鸟儿那样飞过

我宁愿像鸟儿那样飞过却不留痕迹，
而不像动物那样走过还在地面留下脚印。
鸟儿经过即被遗忘，它理应如此。
动物已不在那里，因此脚印一无所用，
徒然显示它曾经到过那里。

回忆背叛自然
因为昨天的自然已非自然。
它只不过是虚无，而回忆就意味着看不见。

飞过，鸟，飞过，你教我飞过！

1914年5月7日

44　我突然从夜间醒来

我突然从夜间醒来，
我的闹钟充塞了整个夜晚。
我感觉不到外面的自然。
我的房间一团漆黑，只有墙壁隐隐发白。
外面很安静，似乎什么都不存在。
只有闹钟在喧闹中走动，
这个布满齿轮的小东西放在我的桌子上
却遮蔽了大地和天空的全部存在……
我几乎不能自控地思考它意味着什么，
但我恢复了清醒，我感到我在用嘴角冲着夜晚微笑，
因为我的闹钟以它的渺小充满巨大的夜晚
这意味着或象征着唯一的事情
是对被充满的巨大夜晚的好奇感
这种感觉有点怪，因为它并未用它的渺小
充满夜晚。

1914 年 5 月 7 日

45　许多树站在那边的山坡上

许多树站在那边的山坡上。

但那是什么，一排树？它们只是树。

“排”和复数的“树”不是事物，它们是名字。

可悲的人心，把一切事物都纳入了秩序，

在事物与事物之间画线，

在绝对真实的树上挂着显示其名字的标牌，

测绘出相应的纬线和经线圈

而这个地球本身是无辜的，它拥有那么多绿色和花朵！

1914年5月7日

46　我坚持写诗

用这种方式或那种方式，
无论它是否奏效，
有时能说出我的思想，
有时却说得很坏，甚至一团糟，
我坚持写诗，并无他意，
好像写作无须动手，
好像写作是我的一次巧遇
就像户外的太阳照在我身上。

我尽力说出我的感受
而不思考我的感受。
我尽力把词语建立在观念上
而不需要从思想
到词语的走廊。

我并不总能感到我理应感受的事物。

穿越思想的河流时，我游得很慢
我因为穿衣太多而不堪重负。

我正在努力抛弃我的学问，
努力忘记我被教导的记忆方法，
并擦去我的感觉上被涂抹的色彩，
吐露我真正的情感，
打开自身，坚持自我，不是阿尔贝托·卡埃罗，
而是由自然塑造的人形动物。

这就是我的写作方式，渴望感受自然，甚至不是作为一个人，
而是作为一个纯粹感受自然的人。
这就是我写作的方式，有时好，有时坏，
有时正好说出了我想说的话，有时弄错了，
这一刻跌倒，下一刻站起来，
但一直像个固执的盲人走在我的路上。

即便如此，我是个重要人物。
我是自然的发现者。
我是追寻真正感觉的阿尔戈英雄。[①]

---

① 古希腊神话中的人物，寻找金羊毛的英雄，据说头上长着一百只眼睛，其别名是“总在看着的”。

我给这个宇宙带来了一个新的宇宙
因为我带来了宇宙本身。

这就是我的感受和写作
想得完美，看得清晰
现在是凌晨五点钟
太阳还没有从地平线
那里的墙上露出它的头，
不过，已经可以看见它的手指
正抓着墙顶，这面墙位于
散布着低矮山峦的地平线当中。

1914年5月10日

47　在一个极其晴朗的日子里[①]

在一个极其晴朗的日子里，
你希望自己已经完成了许多工作
以至于那天可以什么都不做。
我似乎从树林中看到一条道路，
这很可能是伟大的秘密，
那些伪诗人妄谈的伟大秘密。

我看见没有自然，
自然并不存在，
有山峦，峡谷，平原，
有树木，花朵，杂草，
有河流和石头，
但没有这一切从属的一个整体

① 卡埃罗是新异教的圣弗兰西斯，他来自阿西西城。（阿·莫拉）——原注

所谓现实的真正整体
意味着我们的观念出了毛病。

自然只是部分，并非一个整体。
也许这才是他们谈论的秘密。

这是我的偶然发现，没有经过思考或迟疑，
这必定是真理
人人都在找它却不曾发现，
只有我发现了它，因为我并未找它。

48　我已来过并留下

从我房屋最高的窗子里
我挥舞着一块白手帕
向我撒落人间的诗歌告别。

我既不快乐也不悲哀。
这是诗的命运。
我写下它们，就是让人们看的
因为我不能做别的事情，
就像花朵不能隐藏自己的色彩，
河水不能隐藏自己的奔流，
树木不能隐藏自己的果实。

它们似乎坐在马车里，已离我远去，
我不禁感到惋惜
身体内似乎在疼。

谁知道谁会读它们？
谁知道它们会落到谁手里？

我是一朵花，被命运采下来做展览。
我是一棵树，我的果实被摘下来吃掉。
我是一条河，我的水注定要流淌着离开我。
我认输并感到有些快意，
这种快意如同出自对悲哀的厌倦。

去吧，远远地离开我！
一棵树已枯萎但仍存留，叶片散布到大自然里。
一朵花凋谢了，它化成尘土永存于世。
一条河流入大海，它的水将永葆自己的本色。

我已来过并留下，就像这个宇宙。

49　我走进房间

我走进房间，关上窗户。
他们送来灯盏，然后道声晚安，
我也安静地道了一声晚安。
但愿我的生活永远这样：
白天充满阳光，或者落着柔软的细雨，
或者在一场暴风雨中毁灭世界，
愉快的夜晚，人群结伴走过
我透过窗子好奇地观察他们，
最后一次深情地凝视安静的树林，
随后，关上窗户，点燃灯盏，
我不再读什么，也不再想什么，甚至也不睡，
突然感到生命涌过我全身，就像河水漫过河床，
而外面，无边的沉静如一尊熟睡的神。

二

恋爱中的牧羊人

1　拥有你以前

拥有你以前

我热爱自然，就像安静的修道士热爱基督。

现在我热爱自然

就像安静的修道士热爱圣母马利亚，

我的虔诚一如既往，

但显得更诚挚更亲密。

当我和你一起穿过田野来到河畔

我看到的河流更美丽；

坐在你身边看云

我看得更清楚……

你不曾把自然从我这里带走……

你不曾改变自然对我的意义……

你使自然离我更近了。

因为你的存在，我看见它更美好，但它是同一个自然，

因为你爱我，我同样爱它，但我更爱它，

因为你选择了我，让我拥有你爱你，
我的眼睛在凝视万物时停留得更久。
我不为以前的我而后悔
因为我还是同一个人。
我只遗憾以前不曾爱你。
把你的手放在我手里
让我们保持安静，被生活环绕。

1914 年 7 月 6 日

2 明月高悬夜空

明月高悬夜空，眼下是春天。
我想起了你，内心是完整的。

一股轻风穿过空旷的田野向我吹拂。
我想起了你，轻唤你的名字。我不是我了：我很幸福。

明天你会来和我一起去田野里采花
我会和你一起穿过田野，看你采花。

我已经看到你明天和我一起在田野里采花，
但是，当你明天来到并真的和我一起采花时，
对我来说，那将是真实的快乐，也是全新的事情。

1914 年 7 月 6 日

3　由于感到了爱

由于感到了爱

我对气味产生了兴趣。

我从不曾留意过花朵的气味。

现在我嗅到了花朵的香气，好像看到了一种新事物。

我知道它们总是有气味的，就像我知道我存在一样。

它们是从外部认识的事物。

但是现在我用来自头脑深处的呼吸认识了花朵。

如今，我觉得花朵的香气品味起来很美。

如今，我有时醒来，尚未看到花，就闻到了它的香气。

1930 年 7 月 23 日

4　我每天都伴随着快乐和悲哀醒来

现在，我每天都伴随着快乐和悲哀醒来。

以前，我醒来时什么感觉都没有；过去我只是醒来。

我感到快乐和悲哀，因为我失去了梦中的情景
却又活在她是我梦中人的现实中。
我不知如何处理我的感受。
孤身一人时，我不知如何处置我自己。
我想让她和我说话，以使我再次醒来。

无论是谁，在恋爱中都不同于以往。
如果没有别人，他们只是相同的人。

1930 年 7 月 23 日

5　爱就是陪伴

爱就是陪伴。

我不知道如何独自走在路上

因为我不能再独自走路了。

一种可见的思想使我走得更快

看得更少，同时非常喜欢看见的一切。

即使她不在，我也感觉她和我在一起。

我太爱她了，以至于不知道如何需要她。

如果看不见她，我就假装看见了强壮的高树。

但若看见了她，我就发抖，不知她不在时我的感受发生了什么。

我的一切是一种舍弃我的力量。

所有现实都注视着我，就像一朵向日葵，她的脸在正中间。

1930 年 7 月 10 日

6　我整夜无法入眠

我整夜无法入眠，只想见她的样子

每次总是以不同方式和她在一起。

她和我说话时，我就从记忆中搜索她长什么样子，

每次想来，她的面孔都有变化。

爱就是想念。

因为我太想她，几乎忘了感受。

我真的不知道我需要什么，甚至从她那里，除了她，我什么都不想。

我心中酝酿着一场巨大有力的精神错乱。

当我想和她约会时，

我几乎不想遇见她，

免得随后不得不离开她。

我宁愿想她，因为不知怎地我怕她。

我真的不知道我想要什么，也不想知道我想要什么。

我需要的一切就是想她。

我对所有人一无所求，甚至包括她在内，除了让我想她。

1930 年 7 月 10 日

7　牧场如此广大

也许那些善于观看的人弱于感受
这并不迷人，因为他们不知如何行动。
做任何事情都有相应的方式，
爱也有它的方式。
那些通过青草查看牧场的人
并不会使人感到盲目。
我爱过，却不被爱，这是我最终预见的唯一结局，
因为人并非一生下来就被爱，而是可能碰巧被爱。
她的嘴唇和头发像过去一样美丽，
我仍然像过去一样孤身一人在牧场。
似乎我头被压得很低，
想到这儿，我抬起头
金色的太阳晒干我不能控制的小小泪滴。
牧场如此广大，爱如此狭小！
我观看，我遗忘，就像尘世被埋葬，树叶全落光。

我不知道如何说话，因为我在感受。
我听着我的声音，似乎它是别人的，
我的声音在谈她，似乎是别人在谈。
她金色的头发如同明亮阳光下的麦子，
说话时，她的嘴唇谈到的事情不能用词语表达。
她笑起来，牙齿像河中的石子闪着光泽。

1929 年 11 月 8 日

8 恋爱中的牧羊人

恋爱中的牧羊人丢失了他的牧羊棍，

他的羊群在山坡上走散，

由于沉浸在思想中，他甚至不能吹奏随身携带的笛子。

没有人来到他身边，或从他身边离去。他再也找不到他的牧羊棍。

别人咒骂他，将羊群聚拢起来。

最终却无人爱他。

当他从山坡和虚假的真理上站起来，他看到了一切：

巨大的山谷照常充满同样的绿色，

高峻的远山比任何感受更加真实，

所有的真实，伴随着天空、大气和牧场而存在，

伴随一丝疼痛，他感到大气重新打开了他胸中的自由。

1930 年 7 月 10 日

三

《牧羊人》续编

1 越过道路的转弯[①]

越过道路的转弯
可能有一个池塘，或者有一座城堡，
也可能仍然是路。
我不知道，甚至也不问。
走在转弯之前的路上，
我只观看转弯之前的道路，
因为除了转弯之前的道路我什么也看不见。
寻找别的路对我毫无用处
再说我什么也看不见。
让我们只关心我们所在的地方。
这里而不是别处有足够的美丽。
如果有人越过了道路的转弯，
让他们操心转弯之后的道路吧，
那是他们的道路。

① 佩索阿有一首诗叫《死亡是道路转弯》，可参看。

如果我们不得不到那儿，到达时我们自然明白。
目前我们所知道的是我们不在那儿。
这里只有转弯之前的道路，而在转弯之前
只有不曾转弯的道路。

1914 年

2 清理器物

清理器物，
将人们四处乱丢的所有东西放回原处
因为他们不明白这些东西有什么用……
就像现实房间的一个好管家，拉直
感觉之窗的窗帘
在知觉门前铺上垫子
打扫观察的房间
拂去朴素观念上的灰尘……
这就是我的生活，一行诗接一行诗。

1914年9月17日

3 我生活的最终价值

我生活的最终（我不知道什么是“终”）价值是什么？

一个伙计说：“我挣了三十万元。”

另一个伙计说：“我享受了三千天的荣誉。”

还有个伙计说：“我问心无愧，这就足够了……”

如果他们来问我做了什么，

我会说：“我所做的只是观看事物。

因此我将宇宙随身携带在口袋里。”

如果上帝问我：“你从事物中看见了什么？”

我会回答：“只是事物本身。你不能把别的东西置于事物中。”

因为上帝持同样的观点，他会使我成为一种新的圣人。

1914年9月17日

4　事物令人惊奇的现实

事物令人惊奇的现实
是我每天都有发现。
每件事物都有自身的特点，
很难向别人解释这使我多么快乐，
多么满足。

成为整体，存在就足够了。

我已经写了不少诗，
当然我还会写更多，
我的每一首诗都显示了这一点，
我的所有诗都是不同的，
因为存在的每件事物都有不同的说话方式。

有时我开始观察一枚石头。
我不考虑它能否感受。

我不迷失自己，称它为我的姐妹。
我喜欢它，因为它是一枚石头，
我喜欢它，因为它一无所感，
我喜欢它，因为它与我毫无关系。

有时我听到风吹的声音，
我觉得仅仅听听风吹也是值得出生的。
我不知道别人读到这里会想什么，
而我认为这肯定是对的，因为我轻而易举地想到了它。
也不曾想到人们会如何议论我；
因为我是不假思索地想到了它；
因为我说出了它就像词语说出了它。

我曾经被称为唯物主义诗人，
这使我惊奇，因为我认为
我不能被称为任何类型的诗人。
我甚至不是诗人：我看见。
如果我写的东西有些价值，其价值并不属于我，
而是属于我的诗。
所有这些完全独立于我的意志。

1915 年 11 月 7 日

5　当春天归来

当春天归来
也许她在这个世界上再也找不到我了。
此刻，我愿意把春天想象成一个人
当她发现失去了自己唯一的朋友
我能想象她会为我哭泣。
但春天甚至不是一件事物：
她是一种说话的方式。
甚至花朵和绿叶也不会回来。
会有新的花朵，新的绿叶。
会有新的温暖的日子。

什么都不会回来，什么都不会重复自己，因为一切事物都是真实的。

1915 年 11 月 7 日

6　如果我年轻时死去

如果我年轻时死去，
不曾出版一本书，
不曾看到我的诗被印刷出来的样子，
说不定你会为我烦恼
请不必这样。
如果它这样发生的话，它理应如此。

即使我的诗从不曾印刷，
如果它们真美的话，它们将拥有自身的美。
但它们不可能美而停留在不被印刷的状态，
因为尽管它们的根在土里，
花朵却在户外开放，可以被所有人看见。
它必定这样。没有什么能阻挡它。

如果我死时真的很年轻，请听我说：
我只是一个玩耍的小孩

我是个异教徒，就像太阳和水，
拥有普世的宗教，而人们却不具备。
我幸福，因为我什么也不追求，
也不努力发现任何事情。
我认为任何一种对事物的解释
都像“解释”这个词一样毫无意义

我只想生活在阳光下或雨里——
太阳照耀时就生活在阳光下
下雨时就生活在雨里
（绝不生活在别的事物中），
感受热、冷和风，
而别无所求。

我曾经爱过，我以为她爱我，
但我没有被爱。
我不被爱有个主要原因——
我不必被爱。

我在阳光和雨里安慰自己，
再次坐在我家门前。
说到底，田野对于恋爱的人

毕竟不如不恋爱的人那么绿。

感觉会分散。

1915 年 11 月 7 日

7　死于春天之前

当春天到来，
如果我已经死了，
花朵将以同样的方式开放
树木的绿色也不减于去年春天。
现实并不需要我。

想到我的死毫不重要
我感到极其快乐。

如果我知道我明天死去，
而春天后天来到，
那我就死得正好，因为春天后天来到。
如果死得其时，为什么还要让它另择时日呢？
我喜欢万物既真实又正确；
即使我不喜欢它，我也喜欢它真实而正确，
因此，如果我现在死了，那就是好死。

因为一切都是真实的，也是正确的。

如果你愿意，你可以用拉丁文对着我的棺材祈祷。

如果你围着它跳舞和唱歌，我也觉得很好。

当我不能有偏爱时，我就没有任何偏爱。

无论什么事物何时到来，都让它顺其自然。

1915年11月7日

8　如果有人想写我的传记

我死后，如果有人想写我的传记
那是再简单不过的事情。
只有两个日期——我出生那天和我死亡那天。
在这两天之间，所有日子是我的。

我易于阐明。
我观看如同受命于天。
我毫无感伤地热爱事物。
我从不想要得不到的事物，因为我从不盲目。
甚至倾听对我来说也不过是观看的伴奏。
我理解事物是真实的，所有的真实都彼此不同。
我理解这一点是通过眼睛，从不通过心灵。
如果通过心灵理解它们，我将会认为一切都是相同的。

一天，我突然像个玩累的孩子。

闭上眼睛入睡了。

顺便说一句，我是唯一的自然诗人。

1915 年 11 月 8 日

9　落日不是晨曦

我压根不能理解为什么有人会认为落日是悲哀的，
我猜想这是因为落日不是晨曦。
但既然它是落日，它怎么能成为晨曦呢？

1915年11月8日

10　雨天和晴天一样美

雨天和晴天一样美。

两者都存在，每种天气各有特色。

1915 年 11 月 8 日

11　当青草生长在我的坟头

当青草生长在我的坟头，

作为我全然被忘却的标志。

自然从不回忆，她因此而美丽。

如果他们对我坟头的青草怀着“解释”的病态需要，

让他们说我保持着绿色与天然。

1915 年 11 月 8 日

12　从远处传来的那束光

夜晚。异常漆黑。在远处的一间房子里
窗口闪耀着灯光。
我看见它，从头到脚感到了人的存在。
生活在那里的人的全部生活是奇怪的，我不知道他是谁，
吸引我的只是从远处传来的那束光。
我确信他的生活是真实的，他有脸庞、姿势、家庭和职业。
但现在我只关心从他的窗口射出的光。
尽管光在那边，因为是他点燃的，
那束光对我是直接的真实。
我从不超出直接的真实。
没有什么东西能超出直接的真实。
如果从我所在的地方只能看到那束光，
那么，和我所在的地方有关的只有那束光。
在窗户的另一边，那个人和他的家是真实的。

而我在这边，很远。

此刻，那束光熄灭了。

如果那个人继续存在，为什么我要关心他?

——他只是某个继续存在的人而已。

1915 年 11 月 8 日

13　你谈到文明

你谈到文明，并认为它不应存在，
至少不应以这种方式存在。
你说人人，或者几乎是每个人，在受苦
这是因为人建立了那种法则。
你说如果事物是不同的，人们就会少受些苦。
你说如果事物恰如你所愿，那就会好多了。
我听到了你的话，却不曾有意去听。
我为什么要听你的话？
听你说话我一无所获。
如果事物是不同的，它们将会不同：就这么多。
如果事物恰如你所愿，它们只不过恰如你所愿。
试图发明一种制造幸福的机器，
你和其他所有人的生活真够可怜的！

14 世界上最高贵的事情

每种理论，每首诗
都比这朵花延续的时间长。
但那就像雾，它令人不快，潮湿，
而且比这朵花大……
尺码和持续绝不重要……
它们只不过是尺码和持续而已……
重要的是什么在延续并能持久……
（如果真正的尺度是现实）……
成为真实是世界上最高贵的事情。

1916 年 1 月 11 日

15　我将会以另一种方式醒来

害怕死？

我将会以另一种方式醒来，

也许是肉体，也许是持续，也许是重生，

但我将醒来。

甚至原子都不睡，为什么只有我要睡呢？

16 我的诗很有意义

因此，我的诗很有意义，而这个世界未必有意义？

在什么几何里，部分大于整体？

在何种生物中，器官的寿命

能超过身体？

17　水就是水

今天有人向我读阿西西的圣弗朗西斯。①
我听了却不能相信自己的耳朵。
一个那么热爱事物的人
怎么能对事物既不观看，也不理解？

如果水不是我的姐妹，为什么我称它为我的姐妹？
为了更好地感受它？
把它喝下去比称它某种事物
——姐妹或妈妈，或女儿——更能感受它。
水是美丽的，因为它是水。
如果我称它为我的姐妹，
我能看出，即使在我这样称呼时，它也不是我的

① 圣弗朗西斯（1182—1226），生于意大利的阿西西，他创立了天主教圣方济各会，是基督教史上最受崇敬的人物之一。

姐妹

因此最好称它水，因为它就是水；
或者干脆什么也不称呼，可能更好些，
只是喝下它，在手腕上感受它，观察它，
而无需任何名字。

1917 年 5 月 21 日

18　一想到事物

一想到事物，我就背叛了它。
当它在我面前时，我才会想到它，
不是思想，而是观看，
不用思想，而用眼睛。
可见的事物存在于被观看中，
为眼睛而存在的事物不必为思想而存在；
想的时候我整个儿沉浸在其中，而不会看。

我观看，事物存在。
我思想，只有我存在。

1917 年 5 月 21 日

19　我喜欢有足够的时间和安静

我喜欢有足够的时间和安静
什么也不想，
从不感受自己的生命，
只想了解我在他人眼中，怎么被反映。

1917 年 5 月 21 日

20　我看见河上行驶着一条船

我看见远远的河上行驶着一条船……
它冷漠地朝特茹河下游航行。
说它冷漠并非因为它不在乎我
我也不会用它表达忧伤。
说它冷漠是因为它毫无意义
除了孤立的轮船这个事实以外
朝下游航行无需形而上学的许可……
只是朝下游真实的大海航行。

1917 年 10 月 1 日

21　我相信我快死了

我相信我快死了。

但死亡的意义不能感动我。

我记得死不应具有意义。

生与死恰如植物的分类。

什么叶或花拥有分类?

什么生命有生命，什么死亡有死亡?

它们都是定义的术语。

唯一的区别是一个轮廓，一个停止的地方，一种独特的颜色，……一个……

1917年10月1日

22 在这个白云满天的日子里

在这个白云满天的日子里，我感到如此悲哀，几乎是害怕，

我开始琢磨我编造的问题。

如果人成为他应有的样子，

不是患病的动物，而是最完美的动物，

直接的动物，而不是间接的动物，

那么，他将会用另一种不同而真实的方式

从事物中发现意义。

他将获得一种“全体”的感觉；

一种对事物的“整体”感觉——如同看和听，

而不像我们所有的那种关于“全体”的思想；

而不像我们所有的那种关于事物的“整体”的观念。

那么我们就会明白——我们将不会拥有“全体”或“整体”的观念

因为“整体”或“全体”的观念未必来自整体或全体

而是来自真实的自然，它可能既不是全体，也不是局部。

宇宙的唯一神秘是相加，而不是相减。

我们对事物理解过度——这就是我们的错误和疑惑的根源。

存在的事物并未超出我们认为存在的事物。

现实只不过是真实，并无相关的思想。

宇宙并非我的一个观念。

我对宇宙的观念是我的观念之一。

黑夜并不降临在我眼前。

降临在我眼前的是我的黑夜观念。

在我的思想和我拥有的想法之外

黑夜具体地降临

而闪光的星星存在如同拥有重量。

当我们试图表达思想时，话语失效了，

当我们试图表达现实时，思想失效了。

因为恰如思想的本质并不存在于谈论中，而是存

在于思索中

现实的本质并不存在于思索中，而是存在于存在中。

因此，存在的万物只是存在。
其他事物接近于一种睡眠状态，
我们的衰老源于童年时的疾病。

镜子正确地反光；它不会犯错，因为它不思索。
从根本上说，思索就是犯错，
而犯错的本质就是成为盲聋。

这些真理不完美，因为它们已被说出，
而在被说出之前，它们已被思索，
但实际上它们在反对
肯定任何事物的否定中否定了自身。
存在是唯一有效的肯定，
只有肯定的事物才不需要我。

1917 年 10 月 1 日

23 夜幕降临

夜幕降临，热气被压下去了一些。
我神志清醒，似乎从不思考
我拥有一条根，直接和大地相连；
不是这种虚假的联系，这种被称为视觉的次要感觉
我用它把自己和事物分开
并把星星或远方的星群向我拉近——
好吧，我错了：远方的事物并不临近
当我把它拉近时，我是在欺骗自己。

1917年10月1日

24 我病了

我病了，我的思想开始困惑
而我的肉体在接触事物时进入它们当中。
我用触觉感受事物的一部分
一种巨大的自由开始在我心中逐渐形成，
一阵伟大而庄严的幸福就像英雄行为
在镇静而隐蔽的姿势中独自完成。

1917 年 10 月 1 日

25　接受这个宇宙

接受这个宇宙
就像诸神把它赐给了你。
如果诸神想给你别的东西
他们早就给了。

如果有别的物体和别的世界——
也是如此。

1917 年 10 月 1 日

26　那个思考仙女的孩子[①]

那个思考仙女并相信仙女的孩子
行动起来就像患病的神，不过仍像个神。
尽管肯定了不存在之物的存在，
他知道事物是如何通过存在存在的，
他知道存在的存在，而且不能解释，
他知道万物的存在并无原因，
他还知道存在就意味着占有一个位置。
他不知道思想无需位置。

1917 年 10 月 1 日

① 此诗不见于 Chris Daniels 所编的 *The Collected Poems of Alberto Caeiro*，系从 Richard Zennith 所编的 *Fernando Pessoa & Co.: selected poems* 译出。

27　当冬季的寒冷来临

当冬季的寒冷来临，对我来说户外的天气真好
——
因为我适于生活在事物存在的深处，
自然令人愉快，只因为它是自然的。

我接受生活的艰难，因为它们是命定的，
就像我接受冬季的严寒——
平静而没有抱怨，只是接受，
并从接受的事实——不可避免而极其自然的
极端冷酷而艰难的事实——中发现快乐。

除了我个人和生活的冬天
还有什么疾病和伤害突然向我降临？
不定期的冬天，它出现的规律我不清楚，
但它为我存在着，带着同样极端的致命力量，
对我来说，这种致命的力量同样具有必然的外

在性。

就像盛夏时大地的高温
就像寒冬时大地的冰冷。

我接受因为我的个性。
像每个人一样，我天生倾向于犯错，有缺陷，
但绝非因想理解太多而犯错，
绝非想只凭借智力理解而犯错，
绝非苛求世界的缺陷
那是与这个世界无关的任何事情。

1917 年 10 月 24 日

28　无论世界的中心是什么

无论世界的中心是什么
它给我提供了这个外在于我的世界，作为现实的样本，
当我说“这是真的”，即使说的是感受，
我不得不从我外部的某个地方看它，
远远地打量在我身外的它。

真实意味着不存在于我的内心。
我身体内部没有真实的观念。
我知道世界存在，但我不知道我是否存在。
与我的白房子的主人的内心存在相比
我感到我的白房子的存在更确定。
我信任肉体胜过灵魂，
因为我的肉体就在现实的中心这个位置，
它可以被别人看见，
它可以接触别人，

它可以坐下去站起来，
而我的灵魂只能通过外在的事物才能确定。
它为我存在——当我相信它事实上真正存在时——
从世界的外部现实中租借而来。

如果灵魂比外部世界
更真实，像你这个哲学家所说的那样，
那么，为什么外部世界被赐予我们作为现实的范本？
如果我的感觉
比我感觉的事物更确定，
那么，为什么我能感到那个事物，
为什么事物独立于我而出现，
无须我而存在，
而我为什么永远和自己在一起，永远是个人的，不可转让的？
在一个我们彼此理解和想法一致的世界上
如果这个世界莫名其妙地错了，只有我是正确的吗，那我为什么随他人而行？
如果世界错了，那就是每个人都错了。
而我们每个人却各有各的错。

在这两者之间，世界是更正确的。

但我为什么问这些问题，除非我病了？

在某些日子里，我生活在户外
那些日子完美、天然而透明，
我感觉，没有感觉到我的感觉，
我观看，没有意识到我观看，
而宇宙从不如那时真实，
宇宙（离我既不近也不远）从不曾具有
如此极端的“非我性”。

当我说“这是明显的”，是否意味着“只有我看见了它”？①

当我说“这是真的”，是否意味着“它是我的观点”？

当我说“它在那儿”，是否意味着“它不在那儿”？

如果在生活中就是这样，为什么它与在哲学里并

---

① 从此句起到结尾，Chris Daniels 另作一首诗处理，而 Richard Zenith 把它们作为一首诗，此处从 Richard Zenith。

不相同?

我们首先生活，然后才推究哲理；我们首先存在着，然后才知道做什么，

最初的事实至少具有优先权，并值得尊重。

是的，我们首先是外在的，然后才是内在的。

因此，我们实质上是外在的。

你说，病态的哲学家毕竟是哲学家，这是唯物主义。

但这如何是唯物主义，如果唯物主义是一种哲学，

如果一种哲学成为我的哲学，至少它貌似成为我的哲学，

而这根本不是我的，甚至我也不是我?

1917 年 10 月 24 日

29　我不太在意

我不太在意。

我在意什么呢？我不知道：我不太在意。

1917 年 10 月 24 日

30 战 争

战争凭借军队使世界陷入痛苦
这是哲学错误的极好典型。

像任何人类活动一样，战争要求改变。
但是战争比任何活动更甚，它不仅要求改变，而且改变得更多，
改变得更快。

但是战争造成了死亡
而制造死亡是我们对宇宙的蔑视。
以死亡为结果，战争证明了它的错误。
因为它已被证明是错误的，所有要求改变事物的愿望也是错误的。

让我们离开外在世界以及安置于大自然中的其他人。

一切都是骄傲和无意识。
都想奔忙、建功，妄图留下一点痕迹。
当他的心脏停止跳动，军队的指挥官
将变成碎片，回归外在的宇宙。

自然的直接化学变化
没有为思想留下空地。

人性是奴役的反抗。
人性是被人篡夺的政权。

它存在因为它是被篡夺的，但它是错误的，因为篡夺意味着没有权力那样做。

让外在的宇宙和自然的人性随其自然！
和所有前人类的事物和平相处，甚至包括人！
和宇宙全部的外在本质和平相处！

1917 年 10 月 24 日

31 关于自然的所有观点

关于自然的所有观点
从不曾使草生长或花开放。
关于事物的所有知识
从不曾像一个拿在手里的事物；
如果科学追求的是真实，
什么科学比没有科学的事物的科学更真实？
我闭上眼睛，躺在真实而坚硬的大地上
甚至我脊背的骨头都感到如此真实。
在有肩胛骨的地方，我并不需要理性。

1918 年 5 月 29 日

32 轮船开往远方

轮船开往远方，
在你消失之后，
为什么我不像别人那样怀念你?
因为看不见你时，你已不存在。
如果我怀念不存在的事物，
我怀念的只不过是虚无；
我们不怀念轮船，我们怀念我们自己。

1918年5月29日

33　我和正在到来的早晨

渐渐地，牧场变得开阔，并呈现出金色。
晨光荡漾在凹凸有致的平原上。
我不是我正在观看的一部分：我看见了它，
它在我外面。没有感觉把我和它联系起来。
正是这种感觉把我和正在到来的早晨联系在一起。

1918 年 5 月 29 日

34　最后一颗星在天亮前消失

最后一颗星在天亮前消失，
我注视着你颤抖而发白的蔚蓝，双目平静，
我看见你独立于我，
我因能成功地看到你而快乐
除非看见你，我才有“好心情”。
对我来说，你的美存在于你当中。
你的庄严存在于你当中，而完全外在于我。

1918 年 5 月 29 日

35　水在勺子里晃荡有声

水在勺子里晃荡有声，我把它举到嘴边。

“那是一种凉凉的声音”，递给我勺子的人说。

我笑了。那声音只不过是晃荡的水声。

我喝下那水，没有从喉咙里听到任何响声。

1918 年 5 月 29 日

36　有人听到我的诗

有人听到我的诗，他对我说：其中有何新意？
人人都知道花是花，树是树。
但我说不是人人，而是无人。
因为人人都爱花，因为它们美，我却不同。
人人都爱树，因为它们绿而有荫，但我不。
我爱花，因为它就是花。
我爱树，因为它是树，并不包含我的思想。

1918 年 5 月 29 日

37　世界的不公正

昨天，那个真理（他的真理）的传道者
又和我谈话。
他谈到工人阶级的受苦
（没有谈到个体的受苦，毕竟他们真的在受苦）。
他谈到不公正，某些人有钱，
而其他人在挨饿，但他未说明是因食物而挨饿，
或者只是缺乏别人的饭后甜点。
他谈到了使他恼火的一切。

如果能考虑别人的不幸，他一定很幸福！
他很愚蠢，如果他不知道别人的不幸是他们的
而且不能从外部治愈——
因为受苦不像墨水耗尽
或者只有装货箱却没有金属箍！

不公正就像死亡一样存在着。

我决不采取行动改变

他们所谓的世界的不公正。

如果我为此走了一千步，

那只不过是一千步。

我接受不公正，就像接受一块不具备完美圆圈的石头，

就像楝树未能长成松树或橡树。

我将一个橘子砍成两半，两半并不相等。

我对哪个不公正——我将要把它们两个都吃掉！[①]

---

① 你死于青春，就像诸神相爱时的渴望。——里卡多·雷斯（原注）

38 我为什么要把自己比成一朵花

但是我为什么要把自己比成一朵花，如果我是我
而花是花？

啊，让我们不做任何比拟；让我们观看。
让我们忘记类比、暗喻、明喻。
把一件事物比成另一件事物就是忘记那件事物。
当我们关注它时，什么也不会使我们想到别的事物。
每个事物只让我们想到它自己
而绝不是别的什么东西。
事实是，它把自己和其他事物区别开来
（别的事物不是它）。
一切事物都不同于另一个不是它的事物。

什么？我的价值胜过一朵花
因为它不知道它有色彩而我知道，

因为它不知道它有香气而我知道，

因为它没有意识到我而我意识到了它？

但是一件事物和别的事物有何关系？

以至于超过它或低于它？

是的，我意识到了植物，而它不曾意识到我。

但如果意识的形式能被意识到，那意识里有什么呢？

如果植物能说话，它会对我说：你的气味在哪儿？

它会对我说：你有意识因为意识是人的特点

而我没有意识因为我是花，不是人。

我有气味而你没有，因为我是花……

39　那个我不认识的肮脏小男孩

那个我不认识的肮脏小男孩在我门前玩耍，
我不会问你是否带给我象征的词语。
你让我快乐，因为我以前从不曾见过你，
当然，如果你洁净，你将是另一个小孩，
你就不会来到这里。
在你需要的肮脏中玩耍！
我欣赏你只出现在我眼里。
对事物的初见总是胜过对它的熟视，
因为熟视就像从不曾有过初见，
而从不曾有过初见不过是听说。

这个孩子的肮脏不同于别的孩子的肮脏。
继续玩耍！当你捡起一块合手的石头，
你知道它合你的手。
什么哲学能达成更大的确定性？
没有人，没有人曾来我门前玩耍。

1919 年 4 月 12 日

40 真、假、确定、不确定……

真、假、确定、不确定……

路边的那个盲人也知道这些词。

我坐在顶级的台阶上，双手紧握

在交叉的膝盖上面。

哦，那么，什么是真、假、确定和不确定？

盲人停在路上，

我将膝盖上的双手松开。

真、假、确定、不确定还保持同样吗？

现实中的某些部分发生了变化——我的膝盖和我的双手。

什么科学能解释这一点？

盲人继续走路，我不再用手做任何别的事情。

不再是同一时刻，同一个人，什么都不同了。

这就是真实。

1919年4月12日

41　路上传来一个姑娘咯咯的笑声

路上传来一个姑娘咯咯的笑声，回响在空中。

她在笑某个我没看见的人刚说过的话。

现在我记得我听到了它。

但是如果他们现在告诉我从路上传来的姑娘的咯咯笑声，

我会说：不，是山峦，阳光下的土地，阳光，此处的这座房子，

和我，我听到的只是血液从我头脑两侧的生命中安静的奔流声。

1919 年 4 月 12 日

42 圣约翰[①]之夜

圣约翰之夜在我院墙那边。
而这边是我的夜晚，并无圣约翰。
因为圣约翰只存在于被赞美的地方。
对我来说，只有来自夜间篝火之光的影子，
人们的欢笑声，砰砰的脚步声。
以及某个不知道我存在的人的偶尔呼喊声。

1919 年 4 月 12 日

① 圣约翰，《圣经》中的人物。

43　待写之书[①]

神秘主义者，你从万物中都能看出意义。

对你来说，万物都有一种隐藏的意义。

在你看到的万物中都存在着某种隐藏的东西。

你看见的事物，你总能看见它，为了能看到别的东西。

而我，由于我的眼睛只观看，

我在万物中看不到任何意义；

看到这一点，我爱自己，因为成为一件事物就意味着虚无。

成为一件事物就不会受到解释的影响。

1919 年 4 月 12 日

---

① 原标题如此。

44 山坡上的牧羊人

山坡上的牧羊人，你和你的羊群离我那么远——

似乎你拥有幸福——是你的还是我的？

看到你我感到安静，它属于你还是属于我？

不，牧羊人，它不属于你也不属于我。

它只属于幸福和安静。

你不拥有它，因为你不知道你拥有它。

我不拥有它，因为我知道我拥有它。

它只是它，像阳光一样落在我们身上

它照射你的脊背，让你感到温暖，而你想到的却是别的什么事情，

它照射我的脸，使我茫然，而我只想到太阳。

1919 年 4 月 12 日

45　他们想要一种比阳光更好的光

啊，他们想要一种比阳光更好的光！
他们想要比这些草地更绿的草地！
他们想要比我看到的这些花更美的花！
这个太阳，这些草地，这些花对我来说足够好了。
但是，如果它们不知怎么烦扰了我，
我就需要比这个太阳更太阳的太阳，
我就需要比这些草地更草地的草地，
我就需要比这些花更花的花——
一切都比现有的同种事物更理想，
那边的事物——比那边的事物更那边！
是的，有时我为并不存在的完美肉体而哭泣，
但完美的肉体是最肉体的肉体，
其余的都是人们的梦想，
是那些所见不多的人的近视，
就像那些不知如何站起来的人想坐下去。
基督教是关于椅子的一场大梦。

因为灵魂是不显现的事物，

最完美的灵魂是从不显现的灵魂——

由肉体制造的灵魂，

事物的绝对肉体，

绝对真实的存在，没有错误和阴影，

一件事物和它自身从整体上达成精确的一致。

1919年4月12日

46　一朵玫瑰向后折叠的花瓣

一朵玫瑰向后折叠的花瓣会被别人说成是天鹅绒。

我从地面上把你捡起来，放在眼前凝视了许久。

我院子里没有玫瑰：什么风把你吹来？

而我突然从远方归来。片刻的不适。

此刻根本没有风把你吹来。

此刻你就在这儿。

过去的你不是现在的你，否则整朵玫瑰花都会在这里。

1919 年 4 月 12 日

47　我存在于睡与醒之间

凌晨两点三十分。我醒来又睡去。

在睡眠与睡眠之间，生活中有不同的时刻。

如果没有人为太阳的闪光授勋

为什么要为英雄授勋？

我总是准时睡去，准时醒来

我存在于睡与醒之间。

在那个瞬间，当我醒来，感到自己通向整个世界——

一个伟大的无所不包的夜晚，

只在外面。

48　他和他的步伐

从我在一个牧场和另一个牧场看到的事物之间
一个人的身影匆匆走过。
他的步伐随着同样真实的“他”迈动，
而我看见他和它们，它们是两件事：
那个“人”伴随着他的观念行走，错误而陌生，
而他的步伐与古人走路的步法一致。
我从很远的地方看见他，根本没有任何想法。
他存在于他自身中——他的身体多么完美，
他的真正现实不存在欲望或希望，
只有肌肉和使用肌肉的正确而客观的方式。

1919年4月20日

49 我喜欢这些牧场

我喜欢这些牧场，却没有观看。
你问我为什么喜欢它们。
因为我喜欢它们就是我的回答。
喜欢一朵花就无意识地站在它旁边
并在你最模糊的观念里意识到它的香气。
看的时候，我不喜欢：我观看。
我闭上眼睛，而我的身体，在草间，
完全属于闭上眼睛的人的外面——
属于芳香而崎岖的大地，既新鲜又坚硬；
而存在的事物发出某种模糊的喧闹声，
只有光的红色影子轻轻压在我的插座上，
只有剩余的生命在倾听。

1919 年 4 月 20 日

50 我不匆忙

我不匆忙，忙什么呢？

太阳和月亮不慌不忙，它们是对的。

匆忙是相信人可以跑过他们的双腿

或者跳过自己的影子。

不；我一点儿也不匆忙。

如果我伸出胳膊，正好达到胳膊达到的地方——

甚至不超过一厘米。

我只触摸我能触摸的地方，而不是我想触摸的地方。

我只坐在我所在的地方。

这听起来很可笑，就像所有绝对的真理，

但真正可笑的是我们常常想到别的事情，

而我们总是在它外面，因为我们在这里。

1919 年 6 月 20 日

（另一版本）

我不匆忙：太阳和月亮也不匆忙。

没有人比他们的腿跑得更快。

如果我想去的地方很遥远，我不会马上就到那里。

1919 年 6 月 20 日

51　我存在于我的肉体里

是的：我存在于我的肉体里。

我不曾把太阳或月亮装在我的口袋里。

我不想征服世界，因为我非常需要睡眠，

我不想吃掉世界当午餐，因为我只有一个胃。

我冷漠吗？

不，我是大地的孩子，如果他跳起来就是错的，

因为空中的瞬间并不属于我们，

当双脚再次落到地面上之后他才是快乐的，

砰！事实上，毫无损失！

1919 年 6 月 20 日

52　在太阳即将升起之前

在太阳即将升起之前，蓝天呈现出绿色
夕阳消失之后，西方的天空蓝白相间。

事物的真实色彩是眼睛看见的——
月光并非纯白，而是浅蓝泛白。

我很高兴这是我用自己的眼睛看见的，而不是从书本中读到的。

53　像个小孩

像个小孩，尚未被教导成为大人，
我忠实于我的眼睛和耳朵。

54　我不知道理解自己意味着什么

我不知道理解自己意味着什么。我不朝里面观看。

我不相信我存在于我的后面。

55　我天生就是一个葡萄牙人

我爱国吗？不，我只是一个葡萄牙人。

我天生就是一个葡萄牙人，就像我一生下来就是黄头发、蓝眼睛。

如果我生下来会说话，我不得不说一种语言。

56　我平躺在草地上

我平躺在草地上

忘了他们教导我的一切。

他们教导我的一切从不曾使我更热或更冷。

他们告诉我的一切从不曾改变事物的形状。

他们教我看到的一切从不曾触动我的眼睛。

他们向我展示的一切从不在那里：只有那里的东西在那里。

57　他们和我谈到人类

他们和我谈到人类，谈到人性，
而我从未见过人类或人性。
我见过各种各样的人，他们的不同令人吃惊，
被一处无人居住的空间彼此分开。

58　我从不曾努力生活

我从不曾努力生活。

我的生活自己度过，无论我是否需要它。

我想做的所有事情是观看，就像我没有灵魂。

我总想观看，好像我除了眼睛一无所有。

59　生活在现在

“生活在现在，”你说，
“只生活在现在。”

但我不需要现在：我需要真实；
我需要存在的事物，而不是测量它的时间。

现在是什么？
它是与过去和未来相关的事物。
它借助其他事物的存在而存在。
我只要真实，事物本身，而不是什么现在。

我根本不想把时间纳入我对事物的计划。
我不想把事物视为有时限的：我只想把它们视为事物。
我不想把它们称为现在，从而将它们彼此拆开。

我甚至不应该把它们称为真实的事物。
不应该把它们称为任何事物。

我应该观看它们，只是观看它们；
观看它们直到不再考虑它们，
观看它们，与时间和空间分离，
观看可见的事物，摆脱对任何事物的依赖。
这是观看的科学——根本无科学可言。

1920 年 7 月 19 日

60　我是否比石头或植物更有价值

你告诉我你比
石头或植物更有价值。
你告诉我你感觉，你思想，因而知道
你思想并感觉。
石头也会写诗吗？
植物也有关于世界的观念吗？

是的：有所不同。
但并非你能发现的不同
因为意识不能使我拥有关于事物的理论——
它只能使我有所意识。

我是否比石头或植物更有价值？我不知道。
我不同于它们。却不知道比它们好或差。

有意识比有色彩好吗？
可能好也可能不好。

我知道这确有不同。
没有人能证明比不同更多的东西。

我知道石头是真实的，植物存在着。
我知道因为它们存在。
我知道因为我的感觉向我展示了这一点。
我知道我也是真实的。
我知道因为我的感觉向我展示了这一点，
尽管不像它们向我展示石头和植物那么清晰。
这就是我知道的一切。

是的，我写诗，而石头不写诗。
是的，我有关于世界的观念，而植物没有。
但石头不是诗人，它们是石头；
而植物只是植物，不是思想家。
我可以说这使我优于它们，
也可以说我劣于它们。
但我不这样说：我说到石头，“它是石头，”
我说到植物，“它是植物，”
我说到自己，“我是我。”
我不说别的任何事情。还有什么可说的？

1922 年 6 月 5 日

61　也许他们是对的

是的，也许他们是对的。
也许某些隐藏的东西存在于每个事物里，
但隐藏的事物等同于
没有被隐藏的事物。

在植物中，在树里，在花里，
（在一切活着而不会说话的事物里
是一种意识，但并不伴随使它成为意识的东西），
在木头里，不是树只是木头，
树木的全体没有总数，
那里生活着一个仙女，外部生活的核心
赋予了它生命；
正在开花的花，
伴随着绿意的绿。

它进入了动物和人。

它已经深入其中并表现于外，
哲学家说它是灵魂
但它不是灵魂：它是动物或人自身
存在的方式。

两件事物尺码相同
并有一致之处
我想那可能是人。

这些人将成为诸神，
他们那样存在因为他们存在得完整，
他们不会死，因为他们和自身相同，
他们可以撒谎，因为在他们
与他们之间没有界限
也许他们不爱我们，或需要我们，或向我们显示
因为完美之物不需要任何事物。

1922 年 6 月 4 日

62　隐藏的事物

他们说每个事物中都居住着隐藏的事物。
是的，它是它自己，没有被隐藏的事物，
居住于其中。

但是我，具有意识、感觉和思想，
我像一个事物吗？
在我身上什么多些什么少些？
如果我只是我的肉体，我会快乐而满足——
但我也是别的事物，比那略多或略少。
什么事物比我略多或略少？

风在吹，没有意识到它。
植物活着，没有意识到它。
我活着也没有意识到它，但我知道我活着。
但我是知道我活着，还是只知道我知道？
我出生，我活着，我将会死，被一种难以言述的

命运驱使，

我感觉，我思想，我运动，通过某种外在于我的力量，

那么我是谁？

我的肉体和灵魂是某种内在的外在吗？
或者我的灵魂是普遍力量的意识
而我的肉体不同于别的肉体？
我在万物的中心吗？
我的肉体会死，
我的头脑会崩溃
成为抽象的，非个人的，无形的意识，
我不再感觉我所有的这个我，
我不再用大脑思考我觉得属于我的思想，
我不再根据我的意志挥动我的双手。
我就这样了结吗？我不知道。
如果我不得不这样了结，对此感觉如此糟糕
并确信它不会使我不朽。

1922 年 6 月 5 日

63 为了看见田野和河流

为了看见田野和河流
打开窗户是不够的。
为了看见树木和花朵
眼睛不盲是不够的。
你还需要舍弃一切哲学。
有了哲学，就不会有树木，只有观念。
只有我们每个人，就像一处酒窖。
只有一扇关闭的窗子，整个世界都在它外面；
还有一个梦，如果窗子开着，你就能看见，
当你打开窗子，它绝不是你所见的样子。

（1923—1924 年）

64　刻在我的墓碑上

刻在我的墓碑上

　　这里躺着

　　阿尔贝托·卡埃罗

　　没有十字架

　　他离开此地去寻找诸神……

　　无论诸神是否活着，这取决于你。

　　对我而言，我留下他们的问候。

1923年8月13日

65　雪在万物之上

雪在万物之上铺了一层安静的毯子。

除了房中持续发生的事情，你感受不到任何东西。

我把自己裹在毯子里，甚至不思不想。

我感到一种动物的快乐，若有所思，

我陷入睡眠，像世上所有活动一样无用。

66 我随风行走

今天早晨我出门很早，
因为我醒得更早
却没有我想做的事情。

我不知道走哪条路，
而风朝一个方向猛烈地吹，
风推着我的后背，我随风行走。

我的生活总是这样，我愿意一直这样——
风把我推向哪里，我就走到哪里
而不让自己思考。

1930年6月13日

67　暴雨后天来临的最初征兆

暴雨后天来临的最初征兆。
第一片白云低低地悬浮在暗淡的天空。
后天真的有暴雨吗？
我确信它，但确信是谎言。
确信就是不去看。
后天并不存在。
这里所有的只是：
蓝天，有点儿灰暗，地平线上飘着几朵白云，
下面有些脏，就像它们可能会逐渐变黑。
今天的情况就是这样，
由于今天就是此刻的全部，就是一切。
如果我后天死去，谁会知道？
如果我后天死，和我不曾死相比，
后天降临的暴雨将是另一场暴雨，
当然我知道暴雨并不因为我看见它们而降落，
但如果我不在这世界上，这世界将会不同——

它会缺少我——

而暴雨将会落在一个不同的世界上，并成为不同的暴雨。

无论如何，降落的暴雨就是当它降落时正在降落的东西。

1930 年 7 月 10 日

68　倒数第二首诗

——致里卡多·雷斯

我也知道如何进行猜想。
在万物中存在着一种富于生气的要素。
在植物中，它是一位存在于外面的小仙女。
在动物中，它是一个遥远的内在生灵。
在人中，是灵魂和他生活在一起，而且就是他。
在诸神中，它拥有和肉体
相同的尺码与空间。
它就是和肉体同样的事物。
因此据说诸神永远不死。
因此诸神没有肉体和灵魂
而是只有肉体，他们是完美的。
肉体就是他们的灵魂，
而他们的意识存在于他们神圣的肉体里。

1922 年 5 月 7 日

69　最后的诗

（由诗人在他死亡之日口授）

这可能是我生命中的最后一天。

我举起右手向太阳挥手，

但我向它挥手不是为了告别。

我很高兴我还能看见它——就这么多。

（1920 年前）

70 碎 句

如果你有花，就不需要上帝。

被感到的一切事物都可以直接造成新的词语。

像万物一样，与万物均有不同。

或许仙女是树木或河流的未来。

下卷

佩索阿文集

一

禁欲主义者的教育

——特夫男爵的唯一手稿[①]

创作出完美的艺术是不可能的

① 《禁欲主义者的教育》(*the Education of the Stoic*) 是佩索阿后期散文的代表作，《不安之书》的姊妹篇。该作有两个副标题："特夫男爵的唯一手稿"和"创作出完美的艺术是不可能的"。其中的"特夫男爵"是《不安之书》的准作者，该书的部分章节曾系于"特夫男爵"名下。本书手稿大约完成于 1928 年，葡文版发表于 1999 年，英文版发表于 2005 年。包括附录在内，全文共 41 节。最早的汉译者为梅申友，他将题目译为《受教的斯多葛信徒》，为摘译。梅译凝练典雅，对本译文多有启发。

1　抽屉里发现的手稿

不可把我的书放在桌面上，那可能被某个旅馆员工不太干净的手捡走，我决定把它放进抽屉里，而我几乎不得不让抽屉开着。把书放进抽屉时，我感到它撞上了某种东西，因为我知道抽屉不可能那么短。

2　我们已经被毁坏了

我们已经被历史上最严重、最致命的枯竭毁坏了——我们深深地意识到所有的努力一概无效，所有的计划都是空谈。

3 我已经达到空虚的顶点

我已经达到空虚的顶点，完全的虚无。将使我自杀的因素也促使一个人早些睡觉。我懒得在乎一切意图的夭折。

在这一点上，没有什么能改变我的生活。

如果……如果……

是的，但“如果”总是从未发生的事物，如果它从未发生，为什么想象如果它已经发生了将会如何呢?

4　这将是我唯一的手稿

我感到我生命的末日近了，因为我想让它临近。最近两天，我一直在焚稿，一件接一件（这花费了两天时间，因为有时我重读了它们），我的所有手稿，我死去的思想的笔记，那些草稿，甚至我永难写出的作品中某些已完成的段落。毫不犹豫，但承受着绵延不尽的悲伤，我做出了这个牺牲，由此我向将要舍弃的今生的河岸辞行，就像一个烧断桥梁的人。我解脱了，我已做好准备。我要杀死自己。但至少我会留下一份思考生活的回忆录，一幅记录内心历程的文字绘，我尽可能使它精确。既然我不能留下一系列美丽的谎言，我想留下一点点真理，虚假的一切让我们认为我们能说出的真理。

这将是我唯一的手稿。我留下它，不像培根那样为了后人的仁慈念想，而是（没有比较）考虑哪些人会成为我未来的同道。

打破所有的联系，除了我和生活之间的最后一环，在精神上，我已获得了感情的清澈，在智力上，我已获得了思想的清澈，正是它给了我词语的力量，不是为了完成我不能胜任的文学作品，而是至少对我为什么不能完成它提供一个朴素的解释。

这些册页并非我的忏悔；它们是我的解释。开始写时，我感到我能写出真理的某种表象。

5 特夫男爵的自杀

他决定自杀并成为牺牲品太草率了。事实上，报纸的报道对他给予了一切应有的敬意。例如，《每日经济新闻报》[①]的本地记者关于他的死发布了如下消息：

> 森奥·阿尔瓦罗·克尔好·德·阿赛德，特夫的第二十代男爵昨天在马塞里阿他的庄园里自杀了。他来自这个地区最有名望的家族之一。特夫男爵的不幸结局引起了相当的惊愕，就像他因其无可指责的个性而受到每个人称赞一样。
>
> 马塞里阿庄园
>
> 1920 年 7 月 12 日

---

① 《每日经济新闻报》(*Diario de Noticias*)，葡萄牙当时及现今的主要报纸之一。

6　放弃恋爱与放弃生活

对同一颗心或同一个人而言，再也没有比智力观与道德观的势均力敌与剧烈冲突更富于悲剧性的了。对一个完全而绝对道德的人来说，他不得不有些愚蠢。对一个绝对智慧的人来说，他不得不有些不道德。我不清楚造物的什么游戏或嘲弄使人们不可能同时做到这两方面。然而，不幸的是，这种二元性发生在我心里。具有这两种德行，我从不能使自己深入任何事情。并非一种品质的过度，而是两种，这使我不适于生活。

无论何时何地，只要遇到事实的或潜在的竞争，我会迅速放弃，没有片刻的犹豫。这是我在生活中从不曾犹豫的少数事情之一。我的骄傲绝不能忍受让自己和别人竞争这种观念，尤其是因为它将意味着可能被击败，这很可怕。由于同样的理由，我拒绝参加竞争性的游戏。如果我输了，我总是因为愤恨而发怒。

因为我认为我比所有其他人都优越？不，我从未想过在国际象棋或惠斯特纸牌游戏中取胜。正是由于十足的骄傲，一种冷酷而极端的骄傲使我心中最决绝的努力也难以克制或制止。我与生活和这个世界保持距离，却总是遇到它们某种元素的冒犯，就像来自下面的侮辱，就像对普遍奴役的突然违抗。

在痛苦的怀疑时刻，从一开始我就知道我弄错了，使我对自己大为光火的是在我的决断中社会因素的分量不均衡。我从不能克服遗传和教养的影响。我可以嘲笑贵族与社会等级不可沿袭的观念，但我从不曾忘却它们。它们就像天生的懦弱，我憎恶它并和它斗争，但它却用不可理解的丝带将我的感觉和意志捆绑在一起。一旦我有机会娶一个淳朴的姑娘，她也许能让我幸福，但是在我与她之间，内心决断时，由于处在第十四代男爵的位置上①，一想到全城的人对着我的婚礼傻笑，我不太亲近的朋友的讽刺，以及由卑微而琐碎的思想——那么多琐碎的思想压在我身上，就像犯了罪一样——造成的巨大不安，我心中迟疑不决。因此，作为一个理性而超脱的人，我失去了幸

① 与第4节的说法第二十代男爵矛盾，但原文如此。

福，因为我鄙视邻人。

我穿衣的方式，我行动的方式，我在家中接待人们（也许我未必接待任何人）的方式，所有这些粗野的表情和幼稚的态度都不能掩饰她的感情，她的奉献使我不能遗忘——所有这些都像严肃事物的幽灵一样隐隐出现，似乎这是一场辩论，在失眠之夜，我总是置身于被她缠绕的无尽网络中，尽管明知毫无可能，我却竭力为我拥有她的欲望而辩护。

我还记得——那么生动，我可以闻到春日轻柔而芳香的气息——那个下午，在加以通盘考虑之后，我做出了决定，放弃恋爱就像放弃一个不能解决的问题。时值五月，五月已有轻柔的夏日气氛，我庄园四周的花朵已完全开放，当太阳缓缓下降时，花朵的颜色逐渐暗淡。我在稀疏的丛林里漫步，被遗憾与自责陪同着。我进餐极早，在无益的树荫和发出轻微沙沙声的树叶下徘徊，孤身一人，如同一个象征。突然，我被一种彻底放弃的欲望完全征服了，决定彻底退出，我感到极度恶心，为自己拥有这么多欲望，这么多希求，为了实现它们需要那么多外在条件，要真正想实现它们需要那么多内在的不可能。这温柔而悲哀的时刻标志着我自杀念头的开始。

7 那些不情愿的禁欲主义者

……那些虚弱的、不情愿的禁欲主义者，他们的智力就像血液循环——生活的重要条件，也是一个人生命的有机基础。

空气在秋夜轻轻地飘送，远山在天空的映衬下异常突出，冷澈而清晰，而我对它们并不在意。我全神贯注于我的思想；我经历的一切似乎比我从不曾经历更使我悲哀。

8 （我的童年）[①]

……我所有的突发奇想与内心欲望的满足，事实上只不过相当于我独处的愿望。

① 原题如此。

9　作为一个愤怒而怀恨的孩子

作为一个愤怒而怀恨的孩子，十多岁时我就不再因过分敏感而心胸狭隘。（我猜想我的抽象思维能力的发展与此有关。）但我以改良的方式保留了我旧有的本质。当我错失一个想法，或忘记一个我想写下的短语，或无法记起一个特殊的观点时，我会变得痛苦不已。我认识到我通常不能将形体赋予这些粗略的轮廓。但我羡慕我自己，我迷恋于抽象，我意识到贪欲和报复——也许因为它们都是心胸狭隘的形式——属于同样的人性。

10　巧妙的观点

突然，巧妙的观点部分地得到了词语的确切表达，本来可以被建成纪念碑——但不连贯，需要关节……而我的意志却不合作，如果它不得不以美学为搭档，而且不会让思想处于一个潜在故事的孤立段落中——只是一组听起来有力的句子，但那确实会富于力度，如果我写这个故事，在故事里，它们是表现的时刻，简练的观察，关联性的短语……有些是机智的谈论，巧妙但难懂，因为缺乏外围文本，从未写出。

11　细微的情感

我将要了结生命，我认为它能包含各种伟大，但事实上它包含的仅仅是我真想成为伟大的无能。无论何时达成一种确定性，我就想起那些具有最大确定性的人都是疯子。

注重细节和完美主义者的本能，远离刺激的行为，这种个性品质导致放弃。梦想胜过事实。在梦里得到我们想要的东西如此容易！

上千种想法混杂在一起，每种想法都是一首诗，生动但无韵律或理性。它们数量如此众多，以至于当它们涌现时我难以记起，更不用说失去它们的时候了。

细微的情感保留下来。一缕吹拂着安静乡村的轻风可以搅动我的心。远处突然响起乡村乐队演奏的音乐，在我心中唤起一系列声音，比我听到管弦乐交响曲的感受更复杂。站在门前台阶上的一位老妇人使我的心软化。在路上玩耍的肮脏小孩照亮了我。栖落在电线上的一只麻雀给我带来了难以解释的快乐，似乎物象和真理本身不可分解地联系在一起。

12 我属于这样一代

我属于这样一代——假定这一代除了我还包括别人——既失去了对古老宗教诸神的信仰，也失去了对现代非宗教诸神的信仰。我拒绝耶和华，正如我拒绝人类。对我来说，基督和进步是来自同一个世界的两个神话。我不相信圣母马利亚，也不相信电。

在思想上我总是细致入微，在写作的语言和对想表达的观念的组织方面，我都是一丝不苟。

我母亲的死打破了我和外在世界的最后联系——此前这种联系还让我感到和生活维系在一起。起初我感到晕眩——并非那种使身体旋转的晕眩，而是头脑里死寂般的那种晕眩，一种对空虚的本能意识。此前我焦虑地体验的那种单调，已枯萎成了完全的无聊。

她的爱，我再也不能像她活着时那样显著地感受了。一旦失去她，她的爱对我实在太清晰了。

由于它的缺席（由此我们发现一切事物的真正价值），我发现我需要感情——那是我们呼吸的东西，就像空气一样，难以察觉。

除了幸福，我具备幸福的所有条件。这些条件是被彼此分离的。

我具备夏多布里昂[①]的勒内那种青春期的成熟。外在形式不同，但我们本质相同——在内心中同样的只顾自己，同样的不满。

在他们所有的焦虑下面，青少年仍然有盲目的生活意志。卢梭[②][……]，但他掌控了欧洲。夏多布里昂发牢骚，做白日梦，但他是一位政府大臣。维尼[③]目睹了他的戏在舞台上演出。安特罗·德·肯塔尔[④]鼓吹社会主义。莱奥帕尔迪[⑤]是个语言学者。

我放下我的笔，它还没躺好，透过朝向黑暗乡村

---

① 夏多布里昂（Chateaubriand，1768—1848），法国作家。勒内为其同名小说的主人公，抑郁症的典型。

② 卢梭（Rousseau，1712—1778），法国大思想家，文学家。启蒙运动的代表人物。

③ 维尼（Vigny，1797—1863），法国浪漫派诗人。

④ 肯塔尔（Antero de Quental，1842—1891），主要作品有《现代颂诗》（1865）、《浪漫的春天：二十年的诗》（1871）、《十四行诗全集》（1886）和《已消失的地平线》（1892）。

⑤ 莱奥帕尔迪（Leopardi，1798—1837），意大利浪漫主义诗人。

的窗户，我看见高而圆的月亮的光弥漫在空气中，就像一种新的、可见的空气。多少次，这样的景象陪伴着我，在我无尽沉思时，在我做着无益的梦时，在我既不能工作也不能写作的不眠之夜里。

我的心似乎感到一种身体之外的重量。

在黎明静止的漆黑里，它们的轮廓很显眼，似乎真理存在于其中。

13 智力与生活

根据理性来生活是不可能的。智力并不提供指导性的规则。对我来说，这种认识也许揭开了隐藏在失乐园神话中的秘密。就像一个人的视力被闪电震惊一样，我灵魂的视力被诱惑那既恐怖又真实的意义所震惊，正是诱惑使亚当吃了所谓智慧树上的果子。

智力所在之处，生活永不可能。

14　悲观主义与性抑制

对一切形而上学思考的根本放弃，以及一切将未知体系化的企图的道德厌恶，并非像大多数持这种态度的人所说的那样来自思考的无能。我已经想了许久，想得很苦，并且把它想清楚了。

我从详细说明一种心理学的认识论开始。为了帮助我理解体系，我创造了一种方法，用来分析那些提出体系的人。我并未声称已经发现了哲学不过是气质的表达。我推测别人已经发现了这一点。但是根据我自己的判断，我发现气质即哲学。

无论在文学还是在哲学问题上，自我关注总是打击我，就像缺乏一种良好的教养。写作的人忘了他们用书面形式说的话，而且许多写过的事情他们从来不敢说。有些人一页接一页地对自己进行充分地解释和分析，而他们——或他们中的许多人——却从未冒昧地向一个无论多么善于接受的听众叙述他们的个性，以免使他厌烦。

我注意到，悲观主义通常是性抑制的结果。就莱奥帕尔迪和安特罗·德·肯塔尔的例子来说，这一点更加清楚。我可以把建立在一个人的性问题上的体系视为一种完全可耻而粗鄙的事物。所有粗鄙的个人都需要性这个主旋律；事实上，正是性把他们区别开来。除了性，他们讲不出笑话；不提到性，他们就说不出妙语。他们认为所有的情侣都是因为性而成为情侣的。

这个宇宙和一个人的性问题究竟有什么关系？

在这部手稿中，我意识到我违反了我已经制定的原则。但这些手稿是一份遗嘱，在遗嘱里，立嘱人不可避免地会谈到他自己。对临死的人应多多容忍，而这些话正是一个临死的人说的。

15 我们的问题

我们的问题并非我们是个人主义者。我们的个人主义是静态的，而不是动态的。我们重视的是我们的思考，而不是我们的行动。我们忘了我们还没有实现，或完成我们的思想；我们忘了生活的第一功能是行动，就像人的第一特性是感情一样。

充分看重我们思考的事物，因为我们思考了它。将我们自身不仅视为万物的尺度（引自那位古希腊哲学家），而且视为它们的规范或标准。我们在我们内心创造，如果不是解释，至少是对宇宙的批评。而我们甚至对宇宙还不了解，因此不能批评。随后，我们中最轻浮、最弱智的人提出对解释——一种重叠的解释，如同幻觉——的批评；归纳而不是演绎。从严格意义上来讲，这是一种幻觉，因为幻觉建立在某种只能被隐隐看见的事物上。

现代人，如果不快乐，他就是一个悲观主义者。

将我们个人的不幸投射在整个宇宙上，在这个过程中存在着某种可鄙的东西，某种可耻的东西。认为宇宙位于我们内心，或者认为我们是它的核心和缩影，或象征，其中存在着某种可耻的自我中心意识。

我受苦的事实对于确实好的造物主的存在可能是一个障碍，但它并不证明造物主的不存在，或邪恶的造物主的存在，甚或中立的造物主的存在。它只证明邪恶存在于这个世界上——某种几乎不能被称为发现的事物，这一点还无人试图否认。

有意或无意地，我们看重感受，只因为感受是我们的，而我们通常将这种内在的虚荣称为自尊，就像我们把各种真理称为我们的真理一样。

安特罗·德·肯塔尔比任何其他诗人更有力地表达了摧毁我们心灵的冲突，因为他拥有同等强烈的感情和智力。我指的是对忠诚的情感需要和在智力上不可能信任之间的冲突。

我最终得出这些简短的箴言，作为生活的智力准则。

我不后悔把我文学作品的所有草稿付之一炬。那是我不得不遗赠给这个世界的全部。

16　这个神秘世界的秘密

无论这个神秘世界的秘密可能是什么，它必定很复杂或很简单，但是一种不能被人把握的简单。我对大多哲学理论的抱怨是它们过于简单化，证据存在于他们试图解释的事实中，因为解释就是简化。

无论索姆·杰宁斯[①]的罪恶理论可能多么空幻，至少它不荒唐，就像这种观念：一个善良而全能的神却创造了罪恶，因为它创造了一切。索姆·杰宁斯的假说至少有利于进行清晰的类比，不过也许有些虚幻。我们用同样的方式干预——有时行善，有时作恶；也许有时想作恶却行了善，反之亦然——比我们低等的生物，很可能我们的生活必然受到比我们高等的生物的干预，就像我们必然干预田野里的牛群和天空中的飞鸟一样。

---

① 索姆·杰宁斯（Soame Jenyns，1704—1787），英国议员，诗人，批评家。文中涉及他的文章《对罪恶的本性和起源的自由探讨》。

我曾想到——与其说是真正的信仰，不如说出自懒散的思考——既然生命是一切存在的法则，死亡必定总是来自外部的干预，这意味着每个死亡都是暴力的，有些死亡是明显的暴力，我们本身引发了许多这种暴力；别的所谓自然死亡可能同样是暴力的，但由我们感觉不到的因素引发。就像国家一样，无论多么衰落，只有外来的侵略或暴力才会使它终结，人的生命终结可能也是这样。自杀本身——在我逻辑的冥想中它出现在我心里——可能是一种来自外界的冲动；没有生命会自发地结束自己，但在自杀中，死亡的工具将是自杀者本人。我将会忘记所有这些琐碎的沉思，要不是它曾阻止我自杀——很久以前，就在我刚刚大学毕业以后。我的生命被痛苦折磨，但我的理论可能正确这种模糊的可能性（因为它像任何其他理论一样有同样多的正确机会）和我不情愿——如果它是正确的——奴隶似的充当别人的工具，阻止了我（我不知道是更好或更坏）走这一步，结果，徒然被推迟至今。

17 我的整个一生

我从不曾相信，我，或者任何人，能有效地减轻人类的病痛，更谈不上治愈他们。但我也不能对他们视而不见。最微小的人类痛苦——甚至稍稍想到这一点——总是使我不安而痛苦，阻止我只关注我自己。我确信所有针对灵魂的疗法都是无用的，这种信念自然使我的冷漠达到了峰顶，在峰顶下面，冷漠的云层将覆盖地球上所有的骚动，使我无从得见。然而，思想尽管有力，却不能制止感情的反叛。我们不能选择不感觉，就像我们不能不走路。因此，我亲眼看见，就像我常常目睹的，自从记事起，我就怀着崇高的感情，感受世界上的一切疼痛、不公和苦难，就像瘫痪者目睹一个人被水淹没却无人——无论身体多么强壮——援救一样。在我心中，别人的痛苦不只是简单的痛苦：是看见的痛苦，看见的痛苦是不可治愈的，而意识到它的不可治愈，我对痛苦的认识甚至阻止了无益的高贵愿望——我想做些事情治疗它。我缺乏主动性，这是我所有麻烦的根源——需要什么东西，事先我不能不考虑一番，我不能自杀，我不能用唯一的方式做决定：通过决定，而不是通过思考。我就像布里丹[①]的驴子，在情感之水与行动之草的精确中点奄奄待毙；如果不思考，我可能仍然会死，但并非由于干渴或饥饿。

无论我想到或感到什么，不可避免地会变成惰性的一种形式。对别人来说，思想是指导行动的指南针，对我而言，却是显微镜，使我看到整个宇宙可以分解成多少一步的距离，就像芝诺[②]关于划分一个给定距离的不可能的讨论——由于距离无限可分，所以它是无限的。这是一种奇怪的致幻剂，它使我的心理自我陶醉不已。在别人那里，感觉进入意志，就像手进入手套，或者像拳头紧握剑柄，而在我心里，感觉总是思想的另一种形式——像愤怒一样无用，使我们剧烈颤抖，以至于不能行动，或者像恐慌（对我而言，这种恐慌过于紧张）把受惊的人冻结在道路上，而惊恐本应使他逃离的。

---

① 布里丹（1295—1358），法国哲学家。他认为在两个相反而完全平衡的推力下的随意行动是不可能的。所谓布里丹的驴子是他的一个比喻：一头既渴又饿的驴子站在水和草的中间，它会做出什么选择呢？

② 芝诺（Zeno，前490—前425），古希腊哲学家。

我的整个一生是一场迷失于地图的战争。懦弱甚至使我不能上战场，在战场上，也许它会消失；懦弱萦绕着办公的参谋长，连同他失败的确定性。他不敢贯彻他的战斗计划，因为它确实不完美，而且他不敢使它完美（尽管它永不能真正完美），因为他确信它永不会完美，这扼杀了他追求完美的一切欲望。他也从不曾想过他的计划，尽管不完美，可能比对手的计划更接近完美。真理在于我的真正对手是那种完美的观念，它在上帝之后征服了我，行进在世界所有军队的最前面——在世上所有军队的悲壮前驱里。

18 决 斗

抽象总是比具体给我留下更深的印象。我记得童年时不怕任何人，甚至不怕动物，但是我很怕黑暗的房间……我记得那种明显的怪异如何扰乱了身在其他场合时的朴素心理——那种环绕我的心理。

和正常情况相反，我对死亡的害怕也甚于垂死。我甚至藐视，而且一直藐视痛苦。与所有肉体舒适的感觉相比，我总是更珍视我的意识。我只做过一次手术（最近，我的左腿被截肢了），我拒绝被全身麻醉。我只同意采用局部麻醉。

如果今天我走上了自己造成的死亡之路，这是因为我再也不能忍受被宣判的人的［……］。不是道德折磨使我自杀，而是道德的空虚造成了那种折磨。

我现在的心态导致了伟大的神秘主义和先验的自我克制；然而，它们是建立于信仰的基础上的，而我没有信仰。事实上，我没有信仰，要么由于我不能信仰，要么我不知道如何拥有信仰，这正是空虚的根源，而空虚就是我对这个世界的意识。

……当我在巴黎和普隆比埃（Plombières）侯爵决斗时。

我自然认为决斗是可笑的。但是像别的任何人一样，由于我总是主动或被动地接受社会风俗，并享用它们的好处（始于我的头衔的社会声誉），如果只因为它是唯一一种使我陷入危险的风俗就回避它，我感到这是不体面的。

我很可能受伤，而不是当场被杀死，这种意识禁止我在这个问题上发表谈论：我从不害怕痛苦；我不只是藐视它，我还藐视任何一种与痛苦相关的成见。正是这种态度阻挠了我在理论上谈论自己的抱负。

好奇的是，在决斗——它使其余一切黯然失色——中，我最大的焦虑是我怎么可能被我的对手"打败"，我怎么会在决斗场上证明我不如他。由于生性可悲，而且不肯屈服，我总是认识到我不能忍受失败，我担心我不能隐瞒我的怨恨，这总是使我羞怯，而远离比赛和竞赛——远离任何可能使我和别人对垒的活动。我承认，这几乎会诱使我退出决斗，本来我可以做得如此优雅。

19 （对玛丽·阿德莱德的引诱）[①]

他们（放荡的人）发现了人类感情中未被觉察的方面；尽管会发生肉体接触，他们却把光倾泻在被黑暗笼罩的灵敏事物上。

① 原题如此。

20　为什么男爵没有引诱更多姑娘[①]

我最终真的引诱了几个姑娘，在我自己的眼里，我看起来很可笑，没有理由［……］

① 原题如此。

21　害怕伤害别人

我本来可以轻易引诱任何一个为我服务的女仆。但有些女仆太高大了，或者看起来高大，因为她们那么活泼，她们一出现，我就不禁感到害羞、不安；我甚至不能梦见引诱她们。别的女仆太小了，或者娇弱，我对她们感到惋惜。别的女仆没有吸引力。因此，我忽略爱的特殊现象，就像我多多少少忽略生活的普遍现象一样。

害怕伤害别人，由身体动作引发的欲望，对其他灵魂真实存在的意识——这些事物妨碍了我的生活，现在，我问自己它们对我，或别的任何一个人，有什么好处。我未引诱的姑娘被别人引诱了，因为有人引诱她们是不可避免的。对于别人不曾三思而后行的地方，我深感不安，看到我没有做的事被别人做了以后，我疑惑：为什么我想了那么多，如果它只是使我受苦？

22　不安是行动的死亡

不安是行动的死亡。无论是谁，只要他考虑到别人的感受，当然就不会行动。没有行动，无论多么小（行动越大，这种表述越真实），就不会伤害另一颗心灵，不会伤害某一个人，不会有让我们感到遗憾的方面，只要我们发慈悲。我常常想隐士的真正哲学并非建立在由于自身的原因而与世隔绝这种观念的基础上，而是建立在对敌对行为的厌弃上，而敌对行为则源于简朴的生活事实。

23　对正常的回避

我看到别人做的事情是我回避的，因为我感到它们乏味，而当我看到他们完事后，我意识到它们是世上极正常的事。

24　梦与现实

普通人潜意识的秘密：在事物的浪漫层面生活得精力充沛，在生活的粗俗层面生活得浪漫十足。

没有什么可教的，因为一切都需要你从头学起。

梦太逼真或熟悉时，就会变成新的现实，同样地专制；它不再是个庇护所。梦中的军队最终会被打败，就像那些在世界的战争和冲突中失败的人一样。

25　梦的可耻

梦，白日梦——精神纤细得就像那些面对穿着时髦的人，王子公主、热恋男女、社会名流而兴叹的人——是一种倾向，我总是认为它可耻而可恶。

26　我并不拥有人们所说的爱

我拒绝把梦视为疯子或学校女生的恶习。但我也拒绝现实，或者相反，它拒绝我；我不能确定这是由于我的无能，我的颓丧，或我不能理解它。没有一种欢乐的形式适合我——现实之吻不适合我，想象的爱抚也不适合我。

我不抱怨那些结交我或曾结交我的人。无论在哪一方面，从没有人恶劣地对待过我。每个人对我都很好，却超然其外。我很快意识到这种超然内在于我的心里，它来自我。因此我可以说——绝非错觉——我总是被尊敬。我从不曾被爱过。今天我意识到我不可能被爱了。我的品质令人钦佩，感情强烈［……］，但我并不拥有人们所说的爱。

……我的精神同类——卢梭，夏多布里昂，塞纳库尔[1]，阿米尔[2]。但卢梭震动了整个世界，夏多布里昂［……］，阿米尔至少留下了日记。在我们承受的所有痛苦中，我的病症更加极端，因为我不曾留下任何东西。

---

① 塞纳库尔（Senancour，1770—1846），法国作家，著有书信体作品《欧伯曼》，记录了一位无神论兼禁欲主义者在 19 世纪 20 年代的内心世界，曾与歌德的《少年维特的烦恼》一起引起 19 世纪前半叶欧洲的自杀风潮。

② 阿米尔（Amiel，1821—1881），瑞士人，美学与哲学教授，其作品影响了佩索阿的《不安之书》。

27　我从不曾怀旧

我从不曾怀旧，因为从没有任何事情让我怀旧，我的理智总是控制着我的感情。我在生活中从不曾做过任何事情，没有任何事情唤起我惆怅的回忆。我曾有过希望——因为它像任何事情一样不存在——但我不再希望了，因为我不明白未来为何应不同于过去。有些人怀念过去，只因为它是过去，甚至很坏的事情对他们也显得美好起来，只因为它已经永远地逝去了，伴随着事情发生时他们的韶华。仅仅是抽象的时间对我来说从不意味着什么，事情过去以后，我可以悲伤，只因为它已经长逝，或者因为我那时比现在年轻。而且，由于这些原因为过去而悲伤，这是任何一个人都会做的，而我拒绝成为和每个人相似的人。

我从不曾怀旧。我的生活中没有任何一个时期让我懊悔地记起。在所有事情中，我都是相同的：一个在游戏中失败的人，或者说是一个不值得获取任何小小胜利的人。

是的，我有过希望，因为没有希望就意味着死亡。

奋斗更加困难，我的希望更加呆滞，在此刻的我与我认为我能够达到的我之间的悬殊一再成为我夜间残酷而无益的悼词。

28 我的冷漠已经达到了极点

我开始意识到我的冷漠已经达到了极点：对我自己，对我曾经最热心的事情。一天，走在回家的路上，我听到火警，它似乎发生在我邻居家里。我想到我的房子可能在燃烧（尽管它毕竟没有燃烧），而我一想到自己的所有手稿灰飞烟灭，我将会被恐惧攫住，令我震惊的是，我注意到，我的房子在燃烧这种可能性使我无动于衷，一想到没有这些手稿我的生活将变得非常简单，我几乎感到有些高兴。过去，如果我的手稿——我生活的碎片，但是经过认真加工的全部作品——丢失了，将会使我疯狂，但是现在我将这种可能性视为命运的偶然事故，而不是致命的打击，它将会通过毁灭其现象，从而毁灭我的个性。

我开始理解为了一种不能达到的完美而持续奋斗最终如何使我们筋疲力尽，我理解了伟大的神秘主义者和伟大的禁欲主义者，他们从灵魂深处认识到了生活的无益。我的什么会消失在这些写满文字的纸页里呢？以前，我会说“一切”。今天我会说“什么也没有”，或“不多”，或者“某种奇怪的东西”。

对我自己而言，我变成了一个客观的现实。但这样做时，我不能说出我是发现了自我还是迷失了自我。

29　我的所有手稿

我的房子会着火吗？我的所有手稿，我整个生活的全部表达，会被一把火烧光吗？过去一想到这种灾祸就会使我恐惧地颤抖。后来有一天，我突然意识到——我不再知道是否伴随着恐惧，不再知道是否伴随着震惊——如果它们被烧毁我将不会介意。只属于我的什么秘密源泉已经在我心中干涸了？

那时我意识到，年复一年的枯燥与疲倦已经用同样的枯燥和深深的疲倦填满了我的心。我已长眠，我灵魂的一切特权——激情梦想的渴望，强烈梦想的情感，以及悖逆梦想的焦虑——和我一起长眠。

30　对生命的厌恶

……我不能确定任何事情，除了对生命的肉体厌恶。

31　人类被理想之物所吸引

像唯心主义者一样思考，像唯物主义者一样行动。这并非荒唐的教条；它是所有人的自发教条。

如果宗教变革对日常生活没有影响，人的生活会是什么样子呢？

人类被理想之物所吸引，拥有理想的人越崇高，数量越少，用于人类文明生活的实践（如果它是进步的）就越有吸引力。因此它会从一个民族传到另一个民族，从一个时代传到另一个时代，从一种文明传到另一种文明。文明人敞开怀抱，拥抱、宣扬贞洁的宗教，拥抱、宣扬平等的宗教，拥抱、宣扬和平的宗教。但人类正常的生育、歧视和冲突持续不断，并且只要人类延续下去，将总是如此。

32　有差异的同一个人

在同一个时代、同一个社会里，正常的无神论者和有神论者的生活完全相同，即使他们看起来不可能在某些事上采取相同的行动。没有论文或理论影响到我们呼吸的空气。占星术是个独特的世界，就像梦一样。如果我们选择信任它，占星术只不过是我们从想象的王国里给形式提供的一个名字。关于占星术的小说或专著是具有不同主题的小说，它们之间的差别小于间谍小说与社会小说的差别，或侦探小说与爱情小说之间的差别。

但是当我读到卢梭或夏多布里昂或［……］，我恐惧地意识到我对客观事物与真实事物的推崇也不能使我免除和他们一样具有令人震惊、发自内心深处的同一性。他们中某一个的书页使我烦恼；它们似乎不是由我写的，而是——通过一种奇异地适合我的荒谬方式——由我一个从不曾有过的双胞胎兄弟写成的，他和我是有差异的同一个人。

归根到底，我不羡慕希腊人。他们给我的印象总是，我要说并非彻底不对，而是过于简单。和我们相比，他们是孩子，可爱但是未长成的孩子。甚至他们的优点体现在孩子——保留了不同于成人之处——胜于成人方面。长大以后，他们变得复杂，这在整体上对他们不再有利，因为他们在感情和感觉上失去了那种孩子气的自发性。没有人像希腊人这样拥有自发性；他们失去了儿童的那种清澈而难以满足的推理方式，这也是希腊人独有的；他们失去了那种简朴而直接的自我主义，那种新鲜而富于人性的想象，以及对各种事实所做的认真而详尽的解释——所有这些使希腊人在生活、思想和艺术上名扬于世。希腊人的某些贡献看起来甚至就像他们编造的儿童游戏，诸如凭抽取稻草进行的选举，或军队士兵——在平等的基础上和他们的指挥官一起——在决定发动战役时的民主参与。

33　未完成之书

想到把这一堆不连贯的、完成一半的碎片视为文学作品！在这个决定性的时刻，想到我相信自己不能将所有这些碎片组成一个完成的、可见的整体！如果思想的组织力足以使作品物化，如果这种组织能够由情感的强度得以完成——该强度可以满足一首短诗或短文的需要——那么我渴望的这部作品无疑会成形，因为它将在我心中塑造它自己，无需我作为决定性的代理人来帮助。

假如我将精力集中在被动的意志的可能性方面，我知道我本来可以从我未完成的杰作片段中写出短篇散文。我本来可以将几篇已经完成的杂记，以及有表达力的散文篇什连缀成一个整体。我本来可以将这么多分散在笔记中的警句收集起来，形成不只是一本思想之书，而且它绝非肤浅或平庸之作。

然而，我的骄傲不会让我满足于我的心智不及之事。我从不允许自己妥协，也不允许自己接受任何低于我整个个性和抱负的工作。如果我感到我的心智不能胜任综合的工作，我将会控制我的骄傲，过于骄傲是疯癫的一种形式。但我的心智并无缺陷，它总是很擅长综合与组织。问题在于我冷淡的意志，它不愿付出巨大的努力，以完成一篇完整的作品。

根据这个标准，也许在任何地方都不会完成创造性的作品，我认识到这一点。我认识到如果所有伟大的心智只是严格地渴望做完美的事情，或至少（因为完美是不可能的）完全符合他们的整体个性，那么他们将会放弃，像我一样。

只有那些任性大于聪明，冲动大于理性的人，才能在这个世界的真实生活中发挥作用。碎片，卡莱尔[①]说，是任何诗人或任何人的遗留物。但是极端的骄傲，就像那个杀死我或将杀死我的人，拒不承认这种观念：变形而残缺的肉体栖居于灵魂中并界定它，它表达的是不可避免的不完美，并因此遭受未来岁月的羞辱。

在关系到心灵的尊严之处，我看不出禁欲主义者和普通人之间的中间道路或中间项。如果你是一个实干家，那就去干；如果你是一个放弃者，那就宣布放

---

① 卡莱尔（Carlyle，1795—1881），英国散文家，历史学家。

弃。忍受残忍并把它作为一种需要；通过绝对的克己宣布放弃。宣布放弃而不流泪或自怜，至少在强烈的克己中，你是高贵的。鄙视你自己，但要保持尊严。

在世人面前哭泣——哭泣越美丽，就会有更多的人向哭泣者畅谈，就会有更多的公众成为他的羞愧——这是最大的侮辱，这种侮辱可以由一个被打败的人惩罚他的内心生活，而被打败的人未能手握宝剑尽他作为一个士兵的最后责任。在这种被称为生活的本能的军团中，我们都是士兵；我们必须借助理性的原则或无原则而生活。欢乐适合于狗；哀号适合于女人。男人只有荣誉和沉默。看着壁炉里的火焰永远地吞噬了我的手稿，我尤其感受到这一点。

对软弱的人来说，由于他们个人困境的可悲的喜剧性而形成了普遍的悲剧，在这种趋势中存在着某种可耻的东西——由于荒谬全都更加可耻。

我认识到的这种事实总是阻止我——不公正地，我意识到——体验伟大的悲观诗人的完整感情。只是在读了他们的传记后，我变得更加清醒了。上个世纪那三位伟大的悲观诗人——莱奥帕尔迪、维尼和安特罗·德·肯塔尔——变得使我难以忍受。他们的悲观根源于性，在他们的著作里我看出了这一点，并在他们的生活经历中得到了证实，这个发现令我感到恶心。我意识到任何人——尤其是像这三位著名诗人中的任何一个这样敏感的人——都可能陷入悲剧，无论出于什么原因，只要剥夺其性关系，就像莱奥帕尔迪和肯塔尔发生的那样，或者没有这种关系而经常渴望它，像维尼那样。但这些都是私人的问题，因此不能也不应在诗歌中公开，让大家读到；它们属于一个人的私密生活，而不适合作为文学概论的材料。因为性关系的缺乏和性关系的不满足都不代表典型或普遍的人类经验。

即便如此，如果这些诗人直接歌唱他们更基本的烦恼（因为它们确实是基本的，然而它们可以被诗意地使用），如果他们把自己的灵魂全部赤裸裸地暴露出来，而不是穿着有衬里的浴衣，那么，他们极其强烈的悲伤的根源可能带来某些绝妙的悲叹。在某种程度上，这消除了——将一切公之于众——社会的嘲笑，这种嘲笑与这些乏味的情绪或对或错地联系在一起。如果一个人是个懦夫，他要么不能谈论它（而这是比较聪明的行为），要么他能断然地说，“我是一个懦夫。”在这种情况下，他有利于尊严，在另一种情况下，有利于真诚；逃脱任何一条路都是好笑的，因为在第一种情况下他无话可说，因此没有什么可笑的，而在第二种情况下什么也发现不了，因为他本人显示了他的懦弱。但是懦夫感到需要证明不是他一个人，或证实懦弱是普遍的，或用模糊及隐喻的方式承认自己的弱点，这既不揭示什么，也不隐藏什么——对普通大众来说，这个人是可笑的，对知识分子来说，是令人不快的。在悲观的诗人和所有那些将他们个人的悲伤提升到普遍悲伤状态的人中间，我看到的就是这种人。

我如何严肃地对待莱奥帕尔迪的无神论，或对它做出同情的反应，如果我知道它可能被性交治愈？我如何能真诚地尊敬安特罗·德·肯塔尔的渴望、悲哀和绝望，并对它们做出回应，如果我意识到所有的一切直接源于他那颗被遗弃的心，在这个真实的世界上，它从不创建相应的补充物——身体的或心理的，这无关紧要？我如何能对维尼因女人而造成的悲观留下深刻印象，通过他杰出而骇人的《愤怒的参孙》，如果在这首极其愤怒的诗里我意识到批评家法盖①所说的“几乎不被人爱或者被拙劣地爱，并由于这个缘故承受了极度的痛苦”，如果我明白它只是对被戴绿帽子的人的寻常痛苦所做的崇高表达？

---

① 法盖（Faguet，1847—1916），法国批评家。

哪个人能认真地对待这样的观点："我怕见女人，因此上帝不存在。"这是莱奥帕尔迪作品的核心？为什么不拒绝安特罗·德·肯塔尔的结论？"很抱歉，我不拥有一个爱我的女人，因此悲伤是普遍的状况"？我怎能接受，而不是本能地鄙视维尼"我不能以我喜欢的方式被爱，因此，女人是可耻、齐啬、卑鄙的动物，缺乏男人的善良与高尚"的看法？绝对的原则，因此是虚假的；荒谬的原则，因此是缺乏美感的。一部具有绝对尊严和自信的作品很少会引起大家的笑声，因为它要么会有一种能迷住大众的品质，即使他们不理解它，要么它会有一种超越他们的品质，因此他们不会笑，道理很简单：他们看不懂。普通人不会嘲笑《纯粹理性批判》①。

精神的尊严在于承认它的局限，承认现实外在于它。承认——无论是否伴随惊愕——自然的法则并不屈从于我们的意愿，承认世界独立于我们的意志而存在，承认我们自己的悲哀根本不证明星星或者甚至经过我们窗前的人的道德状况——在这种承认中存在着精神的真实目的和心灵的理性尊严。

---

① 德国思想家康德（1724—1804）的代表作。

就在此刻，除了死亡（它就是“虚无”）什么都不能吸引我，我很快从窗户探出身来，看到一群群快乐的农场工人走在回家的路上，在夜晚安静的空气里唱着，近乎圣曲。我意识到他们的生活是幸福的。我认识到这一点，在我自掘的坟墓边缘，我用最大的自豪感认识到这一点，毕竟认识到了。折磨我的个人悲伤和树木的普遍绿色有何干系？和这些青年男女的自然欢呼有何干系？我陷入的寒冬尽头和此刻这个世界感谢自然法则的春天有何干系，在群星的运转中它使玫瑰开放，在我心中它使我了结生命？

在我自己眼前，事实上，在一切事物和一切人面前，我将多么渺小，如果我现在说春天是悲哀的，花朵在受苦，河流悲伤，在农场工人的歌声里有痛苦和焦虑，而这一切都因为阿尔瓦罗·科埃略·德·阿萨德，特夫的第十四代男爵，[①] 充满遗憾地意识到他不能写出他想写的书！

我把自己局限于我的悲剧。我承受它，但我面对面地承受它，而不是玄学或社会学地承受。我承认我被生活征服了，但不是被它轻松打败的。

---

① 与第 4 节的说法第二十代男爵矛盾，但原稿如此。

许多人经历了悲剧，如果我们把偶然的悲剧也算在内，可以说无人幸免。但是面对悲剧人各有异，他可以做个男子汉，闭口不提，作为艺术家，他可以像普通人那样将烦恼秘而不宣，写作或歌唱别的事物，或用崇高的信念从中提取一种普遍的教训。

34　我的理性

我感到我的理性已经得到了充分的运用，因此我准备杀死自己。

35 角斗士

作为一个奴隶，被迫成为角斗士，如果我挥舞此剑，那将是我的失败；如果拒绝，那将是我的自由。我用倒数第二个姿势庄严地向命运致敬，在承认自己被征服的同时，凭借最后一个姿势，我会使自己成为一个征服者。

在竞技场，恺撒把我们投入你死我活的格斗，死去的人是被征服者，杀死别人的则是征服者。

36　征服者或被征服者

作为一个奴隶，角斗士命中注定要走向竞技场，我鞠了一躬，在这个众星环绕的圆形竞技场里，我对端坐其中的恺撒毫不畏惧。我躬鞠得很低，没有骄傲，因为一个奴隶并无值得骄傲之处，没有欢乐，因为一个被判死刑的人很难微笑。我鞠躬为的是不忽视法律，尽管它完全忽略了我。但是鞠躬后，我将决斗中不为我效命的剑刺入自己的胸膛。

如果被征服的人就是死去的人，那么，征服者就是杀人的人，那么通过这个动作，承认我被征服的同时，我使自己成为一名征服者。

附　录

1　决　斗

我们认为决斗应该明确地被宣布为非法，不是因为它们危险，将生命置于险境，而是因为它们是过于荒唐的现象，没有存在的权利。

决斗！现代的决斗！

在过去的诸世纪里，决斗有一席之地，它符合当时的心理，那么好了，也许我能明白这一点。但是今天呢？它跟不上现代的社会风俗，除了在那个范围内，它是极端愚蠢的。

另一点值得考虑。决斗，除了将愚蠢作为荣誉的证据之外，通常是发生在并无荣誉可证明的人之间的打斗。戴面具的强盗，男妓和［……］，如果他们富于勇气，这种情况仍然经常发生，他们很快就会踏上荣誉的园地，为维护不具备的荣誉受到的最轻微侮辱而战。

这些人的这种心理我们难以理解，但我们已经见过许多，足以得出以下结论：占支配地位的是愚蠢。

2　三位悲观主义者[①]

这三位都是浪漫幻想的牺牲品，他们作为牺牲品之所以如此显著，是因为他们中无人具有浪漫气质。这三个人注定都是古典主义者，而且，从他们写作的方式来看，莱奥帕尔迪一贯如此，维尼几乎总是如此，肯塔尔只在他最好的商籁诗中是这样。然而，商籁诗是非经典的，不过，由于它的警句式的基础，它应该也是古典的。

这三个人都是思想家——肯塔尔最突出，因为他具有真正的玄思能力，其次是莱奥帕尔迪，最后是维尼，但和别的法国浪漫主义作家相比，他在这方面还是遥遥领先的，自然地，只应在这方面相比。

浪漫的幻想存在于照字面谈论古希腊人的警句：人是万物的尺度，或富于感情地对待批判性哲学的基本断言，以及整个世界只是我们的一个观念。这些说

---

① 原文为英语。

法对他们本人的精神并无害处，当它们变成气质的天性，而且不只是理智的观念时，它们就显得尤其危险，而且通常很荒诞。

浪漫主义作家将一切指向他自己而不能客观地思考。发生在他身上的也发生在万物的普遍性上。如果他是悲哀的，这个世界不仅似乎，而且确实，是错误的。

假定一个浪漫主义者爱上了一个社会地位较高的姑娘，这种阶级差异阻碍了他们的婚姻，或者，也许，甚至她也是爱他的，因为社会风俗已经深入人心，像改革者通常忽略的。浪漫主义者会说，“因为社会风俗的缘故，我不能拥有我爱的这个姑娘；因此社会风俗是坏的。”现实主义者，或古典主义者，会说，“命运一贯对我不善，使我爱上了一个我不能拥有的姑娘”，或者“我在培育一种不可能的爱情，我太不明智了”。他的爱并不减少；他的理智将增强。一个现实主义者从不因为它们使他产生此类结果，或任何一种个人的麻烦而攻击社会风俗。他知道法律总体上无所谓好坏，知道没有法律适合让它审判的特殊案例，知道最好的法律在审判特殊案例时将产生严重的不公正。但他并不因此得出结论说应该废除法律；他的结论只是卷入这些特殊案例中的人是不走运的。

为了实现我们的特殊感受和气质，将我们的情绪转变成宇宙的标准，相信——因为我们需要正义或爱的正义——自然必定有同样的需要，或同样的爱，假定由于一件事情是坏的，在不使它变坏的情况下可以使它变得更好——这些都是浪漫主义的态度，他们确定了所有的想法，却不能将现实视为外在于他们的某种事物，像婴儿哭着索要尘世的月亮。

几乎所有现代社会的改革都是一种浪漫的观念，一种将我们的意愿付诸现实的努力。人的可完善性，这是一种可耻的观念［……］

罪恶的根源这种异教观念显示了意识到客观现实的异教倾向。异教徒认为这个世界是由诸神直接管理的，诸神是形体高大的人，但，像人一样，善与恶，或善与恶的轮回，他们像人一样反复无常，像人一样有情绪，［他们］最终受制于一种抽象的不可抗拒的命运。在命运的控制下，诸神和人都运行在逻辑的轨道上，但是根据一种超越了我们的理性，如果理性并不反对它。这可能只是一个梦，像所有理论一样，但它确实符合这个世界的进程和表象。它确实使罪恶与不公正的存在成为一种可解释的事物，诸神怎么对待我们，我们就会怎么对待动物和更弱小的生命。

和这相比，基督教的观点是世界的罪恶乃仁慈而全能的上帝的产物，这样一来，异教理论更高级的逻辑就显而易见了。多神的存在可能或不可能满足人的精神；做错事的和有罪孽的诸神的存在可能或不可能满足人的精神；但是许多做错事的诸神的存在确实满足了精神，在这个清晰可见的世界的进程中，显然还存在着反复无常、罪恶和不公正。

3 莱奥帕尔迪[①]

在这样一种情况下，我们必定都成了弗洛伊德。不倾向于性的解释是不可能的，因为莱奥帕尔迪的社会行为凸现了他自身的问题［……］

这种悲剧在最糟糕的情况下是它的喜剧性，就意义而言，它不是斯温伯恩[②]爱情诗的那种喜剧性。

“我见到女人就害羞：因此上帝并不存在”，这是极其没有说服力的形而上学。

---

① 原文为英语。

② 斯温伯恩（Swinburne，1837—1909），英国诗人。又译斯文朋。

4　在爱比克泰德的花园里[①]

“看到由这些枝叶茂密的树木结出的果实，以及释放出来的凉意，令人感到愉悦，这也是自然的另一种邀请，”大师写道，“鼓励我们放弃自己，趋向宁静心灵的更高欢乐。对我们关于生活那种确实无用的沉思来说，再也没有比现在更好的时光了。当太阳尚未下沉，但白昼的热力已经下降，一股微风似乎从变冷的田野升起。

“占据我们思考的问题很多，我们浪费时间去发现我们不能解决的问题是伟大的。把它们放在一边，就像一个人经过我身边却不想看见，从人那里得到太多，从神那里得到太少。把我们奉献给他们，就像一个君主将出售我们不想要的东西。

“和我安静地坐在这些绿树的凉荫里，当秋天来到，它们的思想比枯萎的叶子还轻，或者它们许多僵

① 爱比克泰德（Epictetus，约 55—130），著名的斯多葛学派哲学家。

硬的手指伸入正在流逝的冬天的寒冷苍穹。和我安静地坐下来，沉思努力多么无益，意志多么陌生，而我们的沉思像努力一样无用，我们自己像意志一样无益。也沉思无所需求的生活在事物的连续变化中如何没有重量。但万物皆求的生活在事物的连续变化中同样没有重量，因为它不能得到万物，得到的远远少于万物，这配不上追求真理的灵魂。

“一棵树的凉荫比真理的知识更有价值，因为一棵树的凉荫在持续中是真实的，而真理的知识即使在它最正确时也是虚假的。对一种正确的理解而言，叶子的绿色比伟大的思想更有价值，因为叶子的绿色是某种你可以向别人展示的东西，但你永远也不能向他们展示一种伟大的思想，我们生来不知如何谈话，我们死去不知如何表达自己。我们的生命在一个不会说话的沉默者和一个不被理解的沉默者之间度过它的全程，而在它周围萦绕着一种徒然无益而不可理解的命运，像一只蜜蜂飞舞在没有花朵的地方。”

5　从波洛克来的客人

作为一件趣闻，文学史的页边注记录了柯勒律治[①]创作撰写《忽必烈汗》的方式。这首半成品是英国文学中最非凡的诗歌之一，是古希腊之后所有最伟大的文学作品之一。它的非凡结构和它的非凡发生紧密联系在一起。

柯勒律治告诉我们，这首诗是在梦里写成的。当时他生活在一个孤立的农场，在波洛克和林顿的乡村之间。一天，在接待了一个痛苦的救济者之后，他睡了三个小时，在此期间（他说）他创作了这首诗，其意象和相应的词语表达一起浮现在他心中，毫不费力。

一苏醒，他就着手把创作的作品写下来。他已经写了三十行，这时接到一个访客——“一个来自波洛

① 柯勒律治（Coleridge，1772—1834），英国诗人和评论家。

克的客人”——的通报。柯勒律治被迫接待这个访客，客人耽搁了他大约一个小时。当他回去抄写他梦中的创作时，他意识到他已经忘了他不得不写的其余部分。他能记起的一切只是诗歌的结尾——还有二十四行。

因此我们只能看到这个片段或这首著名的《忽必烈汗》的片段——某种令人惊奇的非现实世界的事物的始末，在神秘的措词里表达了我们的想象凭借人力难以描述的场景，在不知道情节可能是什么以前，我们就颤栗了。埃德加·爱伦·坡[①]（柯勒律治的门徒，无论他是否意识到）从不曾在诗歌或散文中用如此自发的方式或如此令人吃惊的丰富性触及另一个世界。在坡的作品中，伴随着它们所有的冷漠，我们的世界的某些事物遗留下来，尽管是否定性的；在《忽必烈汗》里，一切都是陌生的，从这种超越里，无人确切了解在一个不可能的东方国家里发生了什么，但诗人确实看见了它。

柯勒律治没有给我们提供那个“从波洛克来的

---

① 爱伦·坡（Edgar Allan Poe，1809—1849），美国诗人，小说家，批评家。

客人”的细节，这个访客受到那么多人——像我一样——的谴责。这个不知名的打断者的出场，并阻碍灵魂和生活之间的交流，是一种完全的巧合吗？或者，这种明显的巧合是源于一次真实而神秘的出场，它似乎故意阻挠神秘事物的直观而合法的显露，梦的副本中可能也潜伏着这种显露？

无论如何，我相信柯勒律治的经验是一个极端的例子，作为一个我们都遭遇过的经历的生动寓言，在这个世界上，当我们像虚假的主教一样伴随着要从事艺术的敏感性，试图和我们的另一个世界有所交流时。

我们都在梦中创作作品，即使我们创作作品时是清醒的。而“那个从波洛克来的客人”，那个必然的打断者，秘密地造访我们每个人，即使我们从没有来访者。我们真正思考或感觉的一切，我们所有真正的本质——一旦我们尽力表达它，即使只对我们自己说——就会遭到那个来访者——也就是我们自己——致命的打断。那个来自外界的人都存在于我们内心，在生活里，他比我们本人更真实，比我们已经学过的全部，我们认为我们的全部本质，以及我们喜欢成为的全部，这一切现存的总和更真实。

由于我们是虚弱的，我们都必须接待那个来访者，那个打断者——永远未知，因为他并非“某一个人”，尽管他是我们；永远匿名，因为他是“非个人的”，尽管他活着——在一首诗的开端与结尾之间，作为一个整体进行创作，但不允许我们写下来。无论我们是伟大或渺小的艺术家，真正幸存下来的一切是我们并不理解的碎片，但是如果意识到的话，它们正是对我们灵魂的确切表达。

要是我们知道如何成为孩子就好了，那样我们将不会有来访者，不会感到被迫接待他们，要是我们知道！但是我们不想让那个不存在的来访者等待；我们不想冒犯那个“陌生人”，即我们自己。因此，不是本来可以写出的作品，我们留下来的并非诗，或作品全集，只是某种丢失之物的开端和结束——碎片，正如卡莱尔所说的，是任何一个诗人或任何一个人的遗留。

二

佩索阿情书选[1]

---

① 佩索阿给奥菲丽娅·奎罗斯（Ophelia Queiroz，1900—1991）写了51封情书，1978年出版。

1920年3月1日

奥菲丽娅：

你本来可以向我显示你的轻蔑，或者至少显示你的极度冷漠，而无需借助那样一篇冗长的论述作为透明的掩饰，也无需你书面的“理由”，这是不诚恳的，就像它们不易令人信服一样。你本来可以告诉我一声。这依旧是我理解你的方式，但它深深地伤害了我。

你非常喜欢那个正在追求你的青年人，这很自然，那么，我为什么要因此责怪你呢，如果你更喜欢他而不是我？在我看来，你有权喜欢你想要的人，而没有义务爱我。你当然没有必要（除非你是在找乐子）假装喜欢我。

那些真正相爱的人并不写信，它们读起来就像律师的申诉书，相爱的人考察事情并不那么严密，不像审判时的被告那样对待别人。

为什么你不能坦率对我？为什么你必须折磨一个从不曾伤害过你（或任何其他人）的男人，他悲哀而孤寂的生活已经是一个沉重得难以承受的负担，没有人给它添加虚假的希望，表白伪装的爱慕？除了捉弄我这种可疑的快乐之外，你能从中得到什么？

我意识到所有这一切都是滑稽的，其中，最滑稽的角色是我。

我自己会认为它是可笑的，如果我不太爱你，除了你喜欢强加于我的那种痛苦之外，如果我有时间想到任何事情，尽管除了爱你，我没有做什么来赢得你的爱。对我来说，这似乎不像充足的理由。无论如何……

这里有你需要的“书面公文”。公证员欧金尼奥·席尔瓦可以证明我的签名有效。

费尔南多·佩索阿

1920年3月19日

凌晨四点

我亲爱的心爱的宝贝：

此刻将近凌晨四点，我已经放弃了入睡的努力，尽管我疼痛的身体迫切需要休息。这种情况连续发生，这已是第三个失眠之夜了，但今夜是我生命中最糟糕的夜晚之一。亲爱的，对你来说幸运的是，你不能想象它是什么样子。我不仅喉咙疼痛，而且必须像白痴一样每隔两分钟就吐一次痰，这使我难以入眠。我还精神错乱，尽管不发烧，我感到我要疯了，我想尖叫，在我肺部的顶端发出呻吟，做上千件疯狂的事，使我陷入这种状况的不仅是我的身体疾病，还有一桩这样的事：昨天一整天，我因还需要做的事而烦躁，这些事得在我的家人到来之前做完。[①] 最重要的

① 佩索阿的继父1919年去世，他的母亲与三个异父弟妹从南非返回里斯本。在3月30日家人到来之前，佩索阿要为他们寻租住房。他生活在这次租来的房子里，直到1935年去世。

是，我堂兄七点半来串门，带来了不少坏消息，这些现在我都不愿介入，亲爱的，因为幸运的是，没有一件事丝毫使你忧虑。

就在有那么多要紧的事——这些事除了我没人能做——要做时，幸运的是我正好病了。

想知道最近，尤其是最近这两天我陷入的精神状态吗？你不会想到，我可爱的宝贝，我是多么频繁而疯狂地想念你。你的不在总是使我受苦，亲爱的，甚至只是从一天到下一天，几乎有三天没见你了，所以想想我必定多么想你！

告诉我一件事，亲爱的：为什么你的第二封信——昨天你让奥索里奥送来的那封信——听起来那么消沉？我能理解你想念我，就像我想念你，但你似乎那么焦虑，悲伤，忧郁，读到你的信，感到你受的那么多苦，这使我深感痛苦。你发生了什么事，亲爱的，除了我们的分离？更坏的事情？为什么你用那么绝望的语气谈论我的爱，似乎你怀疑它，当你没有理由怀疑时？

我很孤独——真的很孤独。这幢建筑物里的人对我很好，但他们对我一点儿也不亲近。白天的时候，他们给我送来汤，牛奶，或药品，但他们从不曾陪伴我，这当然不是我期待的。而在夜晚的时刻，我感到自己置身于沙漠里，口干舌燥，却无人递给我一杯饮料。由于感到与世隔绝，却无人来安慰我，我就要疯了，就在我试图入睡，而临近睡眠时。

我冷，我想躺下假装休息。我不知道何时会邮寄这封信，或者是否会添加一些内容。

啊，我的爱，我的美人儿，我珍爱的宝贝，要是你在这里就好了！许多许多许多的吻来自你永远的

费尔南多

1920 年 3 月 19 日

上午 9 点

我亲爱的甜心：

给你写的上面那封信产生了类似迷魂汤的效果。我回到床上，一点儿也不指望入睡，但我一下子睡了三四个小时——不多，但世界变得完全不同了！我感到好多了，尽管我的喉咙依然疼痛而肿胀，我的身体状况好了许多，这必然意味着我的病快消失了。

如果它消失得很快，我可以在办公室稍作停留，那样的话，我会亲自把这封信送给你。

我希望我能把它送给你。有些要紧的事需要我去处理（不必亲自去做），但待在这里我不能做任何事情。

再见，可爱的天使，吻，更多的吻献给我思念的宝贝，来自你一直挚爱的，总是你的

费尔南多

1920年3月22日

亲爱的宝贝天使：

我没有很多时间写信，淘气的宝贝，以致明天说得再多也不能解释清楚，面对面，当我们从鲁阿·多·阿森勒到你姐姐家短暂散步的可怜时光里。[①]

我不想让你不安，我想让你快乐，那是你的天性，你会承诺不会变得不安吗，或尽力不变得不安？你根本没有理由不安，我向你保证。

听着，宝贝……在你还愿的礼物中，我想向你请求某些似乎总是不太可能的东西——考虑到我的坏运气——但现在似乎很有可能，请求克罗索先生将获得他竞争的大奖之—— 一千英镑。如果这发生了，它使我们会如何不同！在今天出版的英语报纸上，我看到他已经获得一英镑（这是一场竞赛，他对此并不机智），这意味着一切都是可能的。在大约两万名竞赛

① 他们两个有时在这条街道的一家书店里相遇。

者中，他现在排在第十二位。谁知道，有朝一日他可能会达到第一名。只要想想那如果发生，亲爱的，如果能得一个大奖（一千英镑，而不只是三百，那不会获得成功）！你能想象吗？

我刚从埃什特雷拉回来，我去那里看了一座四层楼的公寓套房，售价为七万里尔斯。（因为四楼没有人，事实上我看的是三楼，其布局是相同的。）我已决定租下。那是个极好的地方！有足够的空间让我母亲、弟弟们和妹妹、保姆、我姨妈和我居住。（但是关于这一点还有要说的，我明天再告诉你吧。）

再见，亲爱的。别忘了克罗索先生！他是我们非同寻常的朋友，可以对我们很有用。

成吨的吻，大小各异，来自你永远的

费尔南多

1920 年 4 月 5 日

亲爱的淘气小宝贝：

此刻我孤身一人待在家里，这个知识分子除了将纸挂在墙上（似乎他能把它挂在地板或天花板上！）之外，他无所事事。正如已许诺的，我会给我的宝贝写信，只想告诉她，她是个很坏的姑娘，只有一个例外，伪装的艺术，在这方面她是个大师。

顺便说一句——尽管我在给你写信，但我并未想到你。我想的是我多么怀念过去捕捉鸽子的那些日子，而这些事明显与你无关……

今天我们谈得很愉快，你觉得呢？你心情好，我心情好，这天的心情也好。（我的朋友克罗索心情不好，但他健康状况还好——一英镑此刻的健康，这足以使他远离感冒。）

你可能奇怪我的字体如此怪异，有两个原因。第一是这张纸（我此刻只有它）太滑了，因此我的笔在纸上滑翔。第二是我发现，在这间公寓里，有个壮丽的港口，一个我打开的酒瓶，我已经喝了一半。第三个理由是只有两个理由，因此根本没有第三个理由。（阿尔瓦罗·德·坎波斯，工程师。）

何时我们在某个地方相聚，亲爱的——只有我们俩？由于这么长时间没有得到你的吻，我的嘴唇感到有些异样……坐在我大腿上的小宝贝！小宝贝，给我爱的叮咬！小宝贝……（然后宝贝是坏的，打击了我……）。我把你叫做“甜蜜诱惑的肉体”，你将总是那样，但离我太远了。

到这里来，宝贝。来找尼宁好[①]。到尼宁好的怀抱里来。用你的小嘴唇对着尼宁好的嘴唇……来……我如此孤独，如此孤独，渴望亲吻……

要是我能确定你真的想念我就好了。至少它是一种安慰。但是你可能想我较少，想那个追求你的男孩子比较多，不要提 D.A.F 和 C.D. & C[②] 的图书管理员！淘气，淘气，淘气，淘气……！！！！

你需要的是狠狠地打屁股。

再见：我要把头浸在水桶里，以放松我的精神。这是所有伟人做的，至少所有伟人都有：1）一种精

① 尼宁好，奥菲丽娅对佩索阿的一个昵称，佩索阿有时叫她尼宁哈。

② 奥菲丽娅最近开始上班的公司名字，她已从遇见佩索阿的办公室挪到这里。

神，2）一颗脑袋，和3）一颗插入水桶的脑袋。

一个吻，只有一个，持续到世界的尽头，来自你永远的

费尔南多（尼宁好）

1920 年 4 月 27 日

我亲爱的小宝贝：

今天在你姐姐寓所的窗子里你是多么可爱啊！谢天谢地，你是快乐的，见到我（阿尔瓦罗·德·坎波斯）似乎很幸福。

我近来感到极其悲哀，而且很累——我悲哀不仅因为我不能见到你，而且因为别人在我们的道路上设置了障碍。我担心这些人——他们不责备你或表达完全的反对，但缓慢地作用于你的心情——会无情地暗中使坏最终让你不再喜欢我。你对我似乎已经不同了。你不是那个身在办公室里的女孩了。不是你注意到这一点，而是我注意到了，或者至少我认为我注意到了。上帝知道我希望我错了……

听着，亲爱的：对我来说，未来显得异常模糊。我的意思是，我看不出即将发生什么，或者我们将成为什么，因为你越来越屈从于你家人的影响，在所有问题上你都和我的意见有分歧。在办公室里，你更甜美，更温柔，更可爱。

无论如何……

明天我还要从罗西奥火车站乘车[①]，像今天这个时刻一样，你会来到窗前吗？

永远是你的

费尔南多

---

① 奥菲丽娅经常和她姐姐待在一起，她姐姐住在这个车站对面，位于里斯本商业区。

1920 年 7 月 31 日

亲爱的朱鹭[①]：

请原谅这种劣质的纸，但是我的手提包里只有这种纸了，在阿卡达咖啡馆这里没有任何文具店。你不介意，是吗？

我刚收到你的信和那张漂亮的明信片。

真是可笑的巧合，不是吗？我和我妹妹在商业区，昨天这个时候你也在这里。不好笑的是你消失了，不顾我向你频频招手。我刚把我妹妹送到大道皇宫酒店，她会买些东西，并和待在那里的比利时男子的妈妈和姐姐一起去散步。我立即回头找你，希望发现你在那里等我，然后我们可以谈话。但是没有，你已经飞快地跑到你姐姐家！

更糟的是，当我从酒店里出来，我看到你姐姐的

---

① 朱鹭是另一个昵称，佩索阿用它指自己，也指奥菲丽娅。佩索阿 1907 年在里斯本开办的一家出版社也叫这个名字。

窗户装修得像剧院的包厢（配着特大的椅子），乐呵呵地看着我在下面跑。意识到这一点，我自然继续向前跑，似乎那里空无一人。那天我决定扮个丑角（事实上这确实与我的性格不符），我将主动向马戏团提供直接服务。我现在需要的只是——为你的家人上演一个滑稽的娱乐节目！

如果你的窗台不能容纳一百四十八人，你本应该不要窗户。鉴于你不喜欢等我，并和我谈话，你至少可能会彬彬有礼——因为你不会独自出现在窗台——而不出场。

我为什么要向你解释这些事？如果你的心（假定这种生物存在）或你的直觉不能把它们本能地教给你，那么，我也不能更好地成为你的老师。

当你说你最热烈的愿望是让我娶你，你不应忘了加上一句：我还不得不娶你的姐姐、你的姐夫、你的外甥，谁知道你姐姐有多少顾客。

总是属于你的

费尔南多

当我写这封信时，我忘了你有向大家展示我书信的习惯。如果我记得的话，我的语调会缓和一些，我向你保证。但是太晚了，不过这没关系。一切都没关系。

费

1920 年 10 月 15 日

小宝贝：

你有成千，甚至上万条充足的理由向我动怒、发火和生气。但我不是该责怪的人。是命运宣告毁弃了我的头脑——如果不是决定性的话，那么至少陷入了需要认真治疗的境地，我还不能确定能否得到治疗。

我计划（并不求助于著名的 5 月 11 日法令 ①）下个月进诊所，我希望治疗将有助于我挡开落在我心灵中的黑色波浪。我不知道所有的结果将是什么——我的意思是，我不能想象它可能是什么。

别等我。如果我回来见你，应该是在早上，当你走在去波科 · 诺瓦办公室的路上时。

别担心。

① 5 月 11 日法令，颁布于 1911 年 5 月 11 日的政府法令，允许精神病人把自己送进精神病院。

发生了什么，你问？我和阿尔瓦罗·德·坎波斯调换了！

总是你的

费尔南多

1920年11月29日

亲爱的奥菲丽娅：

谢谢你的来信。它使我感到既悲伤又解脱。悲伤，因为这些事情总是带来悲伤。解脱，因为这实际上是唯一的解决方法——以结束拖延这种不再被爱证明的状况，无论对你还是对我而言。从我个人来说，只剩下持久的尊敬和不变的友情。你不会太拒绝我，是吗？

你我都不必谴责已经发生的事情。只有命运可能遭到谴责，假如命运是一个人，可以把谴责归咎于他。

时间会使头发变白，皱纹满脸，也会使激情枯萎，而且大多很快。由于愚蠢，大多数人甚至没有注意到这一点，他们想象他们仍然相爱，因为他们已经习惯于生活在爱里。如果并非如此，世界上将无幸福的人。然而，高等动物不能享受这种幻觉，因为他们不相信爱会持续，而当他们明白爱已结束，他们不会把爱遗留下来的尊敬或感激误认为是爱本身，并以此欺骗自己。

这些事导致痛苦，但痛苦过去了。如果生活，它意味着一切，终将过去，那么，爱与悲伤，以及所有其他事情，既然是生活的一部分，怎么会不过去?

你的信对我是不公平的，但我理解并原谅。你写信时无疑很愤怒，或许甚至很苦楚，但是在这个问题上大多数人——男人或女人——将会写些甚至更不公平的话，并且用一种极其刺耳的语调。但是你有极好的性格，奥菲丽娅，甚至你的愤怒都不带恶意。当你结婚时，如果你不能享有应得的幸福，那绝不是由于你自己的过错。

至于我……

我的爱已经过去。但我对你依然怀着一种不变的感情，你可以确信我将绝不，绝不忘记你可爱的丰姿，你少女的风韵，你的款款柔情，你的善良心地，以及你可爱的天性。可能我愚弄了自己，将这些品质归于你是出于我自身的错觉，但我认为并非如此，即使它们确实如此，在你身上看到它们也是无害的。

我不知道你可能会收回什么——无论是你的信还是别的东西。我宁愿不归还你任何东西，保存着你的信，把它们视为已逝岁月（所有日子都是这样流逝）

的鲜活回忆，视为生活中的痛切之情，就像日子在岁月中累积一样，我的伤心在幻灭与不幸方面累积。

请不要像普通人那样，他们总是表现得狭隘而又小气。当我经过时，不要扭过头去，在你对我的回忆中，不要心怀怨恨，让我们像终生的朋友，从童年起就彼此相爱，只是成年以后才去追求别的感情和别的道路，但在心灵的某个角落里，仍保留着对他们老而无益的爱情的生动记忆。

奥菲丽娅，这些“别的感情”和“别的道路”烦恼的是你，而不是我。我的命运属于另一种法则，它的存在甚至你都没有意识到，它更受主人——他既不怜悯也不宽恕——的奴役。

你不必理解这一点。只要你把我放在深情回忆中就足够了，就像我会始终把你放在深情的回忆中一样。

费尔南多

1929年9月11日

亲爱的奥菲丽娅：

从你的信中我感到的那颗心触动了我，尽管我不知道为什么你会因一个坏蛋的照片而感谢我，即使那个坏蛋是我没有的双胞胎兄弟。一个醉汉的影子真的在你记忆中拥有一席之地吗？

你的信抵达了我的流放地——那是我自己——就像来自家乡的欢乐，因此应该是我感谢你，亲爱的姑娘。

让我利用这个机会为三件事道歉，它们是同样的事，而且并非我的错。三次我偶然遇到你却不曾和你打招呼，因为我不能辨别那就是你，更确切地说，我意识到时太晚了。第一次是很久以前，一个夜里，在鲁阿·多·欧鲁路上。你和一个青年男子在一起，我猜是你的未婚夫，或男朋友，不过我不知道他是否真的拥有那种权力。另两次是最近，当时我们都乘坐有轨电车去埃什特雷拉。其中有一次我只用眼角看见了你，由于某个该死的戴眼镜的人，几乎使我什么都没看见。

还有一件事……没有了，什么都没有，甜蜜的嘴唇……

费尔南多

亚伯酒吧，1929年9月18日

三十行以内的请愿书[①]

费尔南多·佩索阿，单身，处于合法年龄，住在上帝乐于让他居住的地方，仅可蔽体，在各种各样的蜘蛛、苍蝇、蚊子以及其他有益于促进家庭氛围和良好睡眠的事物的陪伴中，已被告知——即使只是通过电话——他可能像人一样被对待（十行）始于将被确定的那一天，并且说把他当作一个人对待并非由一个吻构成，而是只由一个承诺构成，这将被拖延到那时，当他，费尔南多·佩索阿，证明他（1）年仅八个月，（2）长相英俊，（3）存在，（4）使负责分配（二十行）货物的实体满意，以及（5）在此期间将不会自杀，同时他自然应该，借此进行请愿——为了确

---

① 从当天奥菲丽娅的一封信里可以推测，佩索阿在电话交谈里向她求吻，并表达了嫉妒，因为她狂吻了她八个月及十个月的外甥，还承诺他会寄给她这封“三十行以内的请愿书”。

保个人对货物分配负责——证书证明他（1）不是八个月,（2）长相丑陋,（3）甚至不存在,（4）被分配实体鄙视（三十行）以及（5）已经杀死自己。

三十行结束了。

这里一个人应该写上“在希望中，这个请求会很顺利地被考虑”，但并无希望可言。

费尔南多

1929年9月24日

所以，告诉我，我的小黄蜂（事实上黄蜂不是我的，尽管你是一只黄蜂），你想从一个活人这里听到什么话，他的精神跌倒在鲁阿·多·欧鲁路上的某个地方，他的才智——连同他其余的一切——在它拐向鲁阿·德·圣尼古拉时，被一辆货车撞倒了。

我的（我的？）小黄蜂真的喜欢我？对太老的人来说，为什么这味道有些怪？你在信中抱怨不得不忍受某些八十多岁和五十多岁的姑妈，而且她们并非真正的姑妈[①]，但那时你怎么希望忍受一个年龄几乎相同而绝不是你姑妈的人，因为这种职业，据我所知，只对女性开放？当然，姑妈需要成为两个女人或更多。到目前为止，我只能成为一个叔叔，只是我侄女的叔叔，十分滑稽的是，她叫我“凡南多叔叔”，由于（1）我刚说过我是她叔叔，（2）事实上我叫（记得

---

① 从奥菲丽娅前天的信来看，这两个女人是她姐夫的姑妈。

吗？）费尔南多，以及（3）她不能发字母 R 这个音。

因为你说你不想见我，并且你要不想见我很难，因此你宁愿让我给你打电话，因为打电话意味着不在眼前，再就是给你写信，因为写信隔着一定的距离，我已经给你打了电话，黄蜂不是我的，现在我给你写信，更确切地说，我已经给你写好了信，因为我要在这里结束了。

我要外出，将这封信放入我的黑色手提包里——你听见了吗？

我要同时去印度和蓬巴尔。奇怪的结合，不是吗？但它只是这次旅行的一条腿。

你记得这个地方吗，你这个像黄蜂的黄蜂？

费尔南多

亚伯酒吧，1929 年 9 月 25 日

亲爱的奥菲丽娅·奎罗斯小姐：

一个名叫费尔南多·佩索阿的人境况凄惨，深感悲伤，他是我亲密而特殊的朋友，请求我和你通信——因为他的精神状态使他不能和任何事物，甚至和一颗裂开的豌豆联系（一个服从与训练的著名例子）——兹请你禁止做以下事情：

（1）减肥，

（2）吃得太少，

（3）不能入眠，

（4）发烧，

（5）认为个人正被谈论。①

作为这个无用之人的亲密挚友，我（勉强）承担传达他的使命，我自己对你的建议是，收回你对这个

① 在前一封信里，奥菲丽娅说她因与佩索阿重新建立感情联系而减肥，并说她没有食欲，睡眠不好，不停地想念佩索阿。

人可能形成的任何精神印象，提到他就意味着玷污了这张异常洁白的纸，把它扔到厕所里，因为那种命运降临在这个地地道道的伪君子身上实质上是不可能的。如果这个世界还存在着公正的话，他将适得其所。

对你十分恭敬的，

阿尔瓦罗·德·坎波斯
海军工程师

1929 年 9 月 26 日

亲爱的小奥菲丽娅：

我不确定你喜欢我，因此我给你写信。

由于你说过你明天避免见我，除非五点一刻到五点半在有轨电车站，它并非那个车站，我会在那里等你。

但是由于工程师阿尔瓦罗·德·坎波斯明天大部分时间将和我在一起，我不能确定会避免他的陪伴——无论如何那是令人愉快的——在乘车去珍那拉斯·维尔德斯期间。

这位工程师，一个老朋友，有些话要和你说。他拒绝给我任何细节，但我希望并相信，看到你时，他会根据合适的情况告诉我，或告诉你，或告诉我们，与此相关的一切。

直到那时我会保持沉默，尊敬，甚至是期待。

直到明天，甜蜜的嘴唇，

费尔南多

1929年9月29日

亲爱的小奥菲丽娅：

为了使你不说我没给你写信，因为事实上我没有写，我在给你写。它将不只是一行，像我说的，但它不会是许多行。我病了，主要是因为昨天令人焦虑和烦恼的一切。如果你不想相信我病了，那么你明显会不信它。但请不要告诉我你不信它。患病已经够坏了，在没有你怀疑它是否真实的情况下，或者请我解释我的健康状况好像我能解释，或者好像我被迫向任何人解释任何事情。

我说过要去卡斯凯什①（那意味着卡斯凯什、辛特拉、卡希亚什或者别的任何位于里斯本以外但不太远的地方），这绝对是真的：至少在打算中是真的。我已经到了这个年龄，一个人进入充分拥有他的才能与

① 卡斯凯什，里斯本著名的度假胜地。后面的辛特拉和卡希亚什均为葡萄牙地名。

心智的时期，达到了力量的顶点。因此，对我来说，是加强我的文学作品的时候了，完成某些作品，编辑其他作品，写出一些还在构思的作品。为了做到这一切，我需要安静和宁静，以及相对的孤绝状态。不幸的是，我不能离开我工作的办公室（道理很明显：我没有别的收入），但是每周留出两天（星期三和星期六）处理我的办公室工作，另外五天可以归我自己。你便有了卡斯凯什的故事。

我生活的整个未来取决于我能否做到这一点，很快，因为我的生活围绕我的文学作品旋转，无论它是好是坏。生活中别的一切对我都是次要的兴趣。有些事物我自然喜欢拥有，而另一些事物则使我完全淡漠。那些了解我并和我打交道的人不得不理解这就是我，想让我拥有普通人的感情（这种感情我完全尊重）就像让我长出蓝眼睛和金发一样。对待我就像我是另外的人，这并非坚持我爱好的最好方式。更好的是去发现那“另一个人”，这种待遇对他是合适的。

我非常，非常喜欢你，奥菲丽娅。我爱慕你的性格和气质。如果我结婚，只能是和你。婚姻和家庭（或一个人无论想叫它什么）是否和我思想的生活相容还无从知晓。我怀疑。现在我要组织这种思想的生活和我的文学作品，不容延迟。如果我不能组织它，那么我甚至不会想到考虑婚事。如果我用这样一种方式组织它，婚姻将是一种妨碍，那么我确定不会结婚。但我怀疑这不会是事实。未来，我指的是最近的未来，会给出答案。

这是你要的，而它碰巧是真实。

再见，奥菲丽娅。睡好吃好，别减肥。

你异常忠诚的，

费尔南多

1929 年 10 月 9 日

可怕的宝贝：

我喜欢你的信，它们异常甜美，我喜欢你，因为你也很甜美。你是糖果，你是黄蜂，你是蜂蜜，它来自蜜蜂而不是黄蜂，一切都恰到好处，宝贝应该常常给我写信，甚至在我不写的时候，这很经常，此刻我悲伤，我发狂，没有人喜欢我，为什么他们会这样，这恰恰是对的，一切都恢复到开始，我想今天我会给你打电话，我想吻你，让贪婪的吻恰好落在你的嘴唇上，我要吃你的嘴唇，无论你把多么小的吻藏在那里，我要靠着你的肩膀，滑入你小小鸽子的温柔里。我要请你原谅，原谅弄虚作假，反复作假，直到重新开始，为什么你喜欢一个坏蛋，一个魔怪，一个肥胖的懒汉，脸像煤气表，表情来自那个不在这里，而是蹲在隔壁厕所里的家伙，真的，到了最后时刻，我要结束了，因为我疯了，我总是这样，它与生俱来，从一出生我就在说，我希望宝贝是我的玩具娃娃，因此我可以像个小孩子那样行动，脱下她的衣裳，我已经写到这一页的最后了，这似乎不可能是被一个人写的，但它是我写的。

费尔南多

1929年10月9日

野蛮的宝贝：

原谅我打扰了你。我头脑中破马车的发条终于喀嚓一声断裂了，我的心已不复存在，它变成了特——特——哦——哦——哦……

刚打完电话，我在给你写信，当然我还会给你打电话，如果它不磨损你的神经，当然它并非任何时候，而是我打电话的时候。

你喜欢我吗，因为我是我或因为我不是我？或者你厌恶我吗，甚至在没有我的情况下或反之？或别的什么？

所有这些句子和沉默的方式都是征兆，表明朱鹭的前伴侣，灭绝的朱鹭，失败的朱鹭，不太幸福而抑郁疯狂的朱鹭，将要进入特尔哈尔或瑞哈佛勒斯的精神病院，那里将有一个盛大的派对，以庆祝他光荣的缺席。

我尤其需要去卡斯凯什——去黑尔的入海口但是

带着牙齿，首先是头，就这样，伙计们，还有急板，不再是朱鹭。这正是这种动物鸟应得的结局——将它怪诞的头磨碎在土里。

但是如果宝贝吻他一下，那么朱鹭就会对生活忍受得更长一些。是吗？那里传来发条断裂的声音——哦——哦——哦——哦——哦——哦——哦——哦——哦——哦——哦——哦——哦——哦——哦——哦——直到永远。

费尔南多

三

佩索阿文论选

（一）感觉主义文献[①]

1　[交叉主义者] 宣言

所有的前现代艺术都建立在一个元素的基础上。这对异教的古典艺术是真实的，对文艺复兴艺术或浪漫主义艺术也是真实的。只是最近以来，艺术才开始变革那种古老而严格的外在模式。

古希腊人和古罗马人（甚至包括少数文艺复兴时期的人）尽力结合给定的客体或观念的事实写出他们感到的印象。但是，对我们来说，浪漫主义者意识到的现实并非客体，而是对客体的感觉。因此他们对客体本身的描写不足，而比较注重传达对客体的感觉。这并不意味着他们从现实中撤退了；不，他们寻找它，因为我们对客体——并非脱离我们的感觉构想出来的客体——的感觉是它的真正现实性，因为除了我

① 本辑中原文是英语的有五篇:《〈葡萄牙感觉主义诗集〉序》《〈阿尔贝托·卡埃罗诗集〉译序》《给一位英国编辑的信》《给马里内蒂的信》《关于感觉主义的笔记》。

们的感觉什么都不存在，对我们来说，感觉就是存在的标准。“人是万物的尺度。”就其抽象而绝对的意义来说，普罗泰戈拉①的这句宣言也适用于真理。

由基督教产生的内化导致人们注意到（起初是无意识的）现实的真相，真正的现实并非客体，而是我们对客体随时随地的感觉。无论它存在于我们不知道的任何其他地方。

但是浪漫主义者看得不远。真正的现实其实存在于两种事物——我们对客体的感觉和客体。因为客体并不存在于我们的感觉之外——至少，对我们来说它至关重要——它遵循了真正的现实，这种现实存在于我们对客体的感觉和对我们感觉的感觉里。

古典艺术是梦想家和狂人的艺术。尽管包含了对真理的丰富直觉，浪漫主义艺术是青春期的艺术，他们对待事物真实性的观念还不是成年人感觉现实的方式。

对我们来说，现实就是感觉。对我们来说，没有别的直接现实可以存在。

无论什么样的艺术，必须建立在这个元素的基础

---

① 普罗泰戈拉（Protagoras，约前480—前410），希腊哲学家，智者派的主要代表人物。

上，这是我们的唯一元素。

何谓艺术？就是试图给我们提供一种尽可能客观的观念，清晰而准确，不只是作为外在的事物去理解，而且成为我们的思想和精神结构。

感觉是由两个因素组成的：对客体的感觉和感觉自身。所有的人类活动都存在于对绝对性的寻找中。科学寻找绝对的客体，这意味着使客体尽可能独立于我们的感觉。艺术寻求的是绝对的感觉，这意味着使感觉尽可能独立于客体。哲学（也就是形而上学）寻求的是主体（感觉）与客体之间的绝对关系。

艺术寻求的是绝对的感觉。但是正如我们看到的，感觉是由对客体的感觉和感觉自身构成的。

客体与自身的交叉：立体主义。（也就是说，交叉是同一个客体的不同方面的彼此结合。）

客体与它暗示的客观观念的交叉：未来主义。

客体与我们对它的感觉的交叉：交叉主义，严格地说，这就是我们的追求。

2 感觉主义宣言[①]

感觉就是创造。但什么是感觉呢?

感觉就是无观念地思考，从而理解，因为这个宇宙没有任何观念。

坚持观点不是感受。

我们所有的观点都来自他人。

思想就是想把我们认为自己感到的东西传达给别人。

只有我们思考的东西才能被传达给别人。我们感到的东西不能被传达。我们只能传达我们感到的事物的价值。我们最多能做到的事情是使别人感到我们感受的事物。我们不能使读者感受同样的事物，但是如果能让他们以同样的方式感受就足够了。

感觉会打开监禁之门，在那里思想限制着灵魂。

---

① 原文是佩索阿为《俄尔甫斯》写的草稿，后来在其他刊物上发表了不到一半的篇幅，而且到处都是打印错误。这是他的草稿全文，写在八页纸上。

透明只能走到灵魂的门槛。甚至在感觉的前厅，明晰仍然是被禁止的。

感觉就是理解。思想就是犯错。理解一个人的想法就是不同意他。理解一个人的感觉就是成为他。在哲学上，成为别人是相当有用的。上帝就是每个人。

看，听，闻，尝，摸——这些是上帝唯一的指令。感觉是神圣的，因为它们使我们和宇宙保持着关系，而我们和宇宙的关系就是上帝。

也许这显得奇怪，用眼睛听，用耳朵看，看、听并尝气味，尝颜色和声音，听味觉，如此等等，都是可能的，而且永无穷尽，只需实践。

行动就是不信任。思想就是犯错。我们的感觉是相信，是真理。没有任何东西存在于我们的感觉之外。因此，行动就是对我们思想的背叛——我们的思想并不背叛自身。

当无人知道他们如何被管理时，政治是管理社会的艺术。拥有政治观念最容易丧失观念。对于那些天生是马车夫的人来说，政治是一种误解的虚荣。统治社会的唯一途径是鄙视其他每一个人。兄弟关系天生出于彼此的轻蔑。

进步是最不高贵的多余谎言。即使没有进步的观念，我们也会停止进步。

感觉径直写在物体的曲线上。

感觉是无底的船，“批评”借以充当丹尼亚斯的五十个女儿的角色。① 个性是不可穷尽的，因为每个人一生下来就使它增加。逻辑是一道环绕着空虚的篱笆。

厌恶所有工作和奋斗的人，回避所有希望和信任的人，鄙视所有自我牺牲的人，这是我们高贵的职责。

尽力恢复传统，就像举起梯子攀爬一座已经倒塌的墙。这是有趣的，因为荒唐，但值得麻烦一下，因为它不值得麻烦。

真理的唯一基础是自相矛盾。宇宙否定它自己，因为它转动。生活否定它自己，因为它死亡。悖论是自然的准则。因此，所有的真理都有一个悖论的形式。

所有这些原则都是真实的，但相反的原则也是真实的。(证实就是穿越错误之门。)

思考就是限制。推理就是排除。有许多事情适于

① 希腊神话中的人物。在父亲丹尼亚斯的命令下，他的五十个女儿（只有一个例外）杀了她们的新郎，被判处在地狱里向一个无底的船灌水。

考虑，因为有许多事情适于限制或排除。

政治的，社会的，宗教的传道士……不要宣讲善或恶，美德或恶习，真理或错误，仁慈或残酷。不要宣讲美德，因为那是所有传道士宣讲的，也不要宣讲恶习，因为那是他们所有的作为。不要宣讲真理，因为没有人知道真理是什么，也不要宣讲错误，因为通过犯错你才会宣讲真理。

宣讲你自己吧，把它向全世界大声喊出来。那是唯一的真理和唯一的错误，唯一的道德和唯一的邪恶，……这些你可以宣讲，应该宣讲，也必须宣讲。

郑重地宣讲你自己，采取诽谤和炫耀的方式。你所有的唯一东西就是你。让它像只孔雀，让它自由自在，从头到脚站在所有其他人的身上。

使你的灵魂深入哲学、伦理学和美学。用你自己无耻地取代上帝。这是唯一真正的宗教态度。（除了他自身之外，上帝无处不在。）

使你的存在深入无神论的宗教，使你的感觉深入这样和那样的仪式。完美地生活［……］在你自己修道院的洁净阳台上。

不断更换你自己。你对你自己是不够的。甚至对你自己来说，总是不可预测的。让你自己发生在自己眼前。让你的感觉就像随机事件，就像你无意陷入的冒险活动。唯一的优胜之道是成为一个无法无天的宇宙。

存在是不必要的；必要的是感觉。注意最后一个句子完全是荒诞的。使用你的整颗心也不能理解它。

这些就是感觉主义的基本原则。相反的原则也是感觉主义的基本原则。

3 《葡萄牙感觉主义诗集》序[①]

托马斯·克罗塞

感觉主义开始于费尔南多·佩索阿和马里奥·德·萨–卡内罗之间的友谊。[②]要区分他们俩在这场运动起源时承担的角色可能是困难的，而且确定这一点也毫无作用。事实是他们共同奠定了这场运动的开端。

但是值得提到的每个感觉主义者都有不同的个性，而且他们之间自然也相互影响。费尔南多·佩索阿和马里奥·德·萨–卡内罗最接近象征主义者，阿尔瓦罗·德·坎波斯和阿尔马达–内格雷罗斯非常倾向于感受与写作的现代风格。[③]其余成员处于他们中间。

---

① 托马斯·克罗塞是佩索阿的一个异名。

② 马里奥·德·萨–卡内罗（1890—1916），与佩索阿相识于1912年，同年赴巴黎，后自杀于一家小旅馆里。

③ 乔斯·德·阿尔马达–内格雷罗斯（1893—1970），作家，画家。地位仅次于佩索阿与萨–卡内罗，系葡萄牙现代派的第三位领袖。

费尔南多·佩索阿深受古典文化之苦。

在感觉主义成员当中，没有人比萨-卡内罗走得更远，他把可能召唤我们的声音称为彩色的感觉。(……)

费尔南多·佩索阿是个比较纯粹的知识分子；他的力量主要集中在对感觉和情绪的理智分析方面。他的分析可以达到完美的地步，使我们几乎屏住呼吸。一位读者曾这样谈到他的静态剧《水手》："它使外部的世界变得极不真实。"的确如此。存在于文学作品中的事物不再遥远。相比而言，梅特林克剧作中最朦胧精妙的部分也是粗糙而世俗的。①

乔斯·德·阿尔马达-内格雷罗斯相当自发，而且快捷。虽然这样，但他不失为一个天才人物。他比别的成员年轻，不仅在年龄上，而且在自发性和活跃性方面。他的个性极其鲜明，令人惊奇的是他这一点表现出来得非常早。

……

这比立体主义和未来主义更加有趣！

我从不希望了解每个感觉主义成员的个体，而相

---

① 莫里斯·梅特林克（1862—1949），比利时象征主义剧作家，诗人。他的戏剧影响了佩索阿。

信最好的理解是非个人化。

阿尔瓦罗·德·坎波斯完全可以称为瓦尔特·惠特曼，而且具有古希腊诗人内在的心灵。他拥有来自智力、感情和身体感觉的所有力量，这正是惠特曼的特征。但是他［也］有完全相反的品质——建构的力量与诗歌的有序发展，从弥尔顿以来，已经无人能够做到这一点。阿尔瓦罗·德·坎波斯的《胜利颂》是用惠特曼诗风写成的，不讲究诗节和押韵，是一种建构和有序的发展，例如，这使《利西达斯》声称的完美在此变得无用。《航海颂》占据了《俄尔甫斯》不少于二十二页的篇幅，确是一个结构的奇迹。没有一个德国人用过这种内在的训练，并把它作为创作的基础，从印刷方面来看，它几乎可以被认为是未来主义者的范本。同样的考虑也适用于宏伟的《向瓦尔特·惠特曼致敬》，位于《俄尔甫斯》第三期。①

……

葡萄牙的感觉主义是原创而有趣的，因为他们是绝对的葡萄牙人，具有世界性和宇宙性的眼光。葡萄牙人的气质是宇宙性的：这是它伟大的优势。葡萄牙

---

① 《俄尔甫斯》仅出两期，第 3 期打印于 1917 年，直到 1984 年才出版。其中并无《向瓦尔特·惠特曼致敬》一诗。

历史上伟大的一幕——大发现那个漫长、谨慎而科学的时期——是历史上伟大的世界性创举。整个民族都被铭记在那里。一种原创的、典型的葡萄牙文学不可能是葡萄牙的，因为典型的葡萄牙人从来不是葡萄牙人。这个民族的智力本性里存在着某种美国人的气质，但没有他们的喧闹与司空见惯。没有一个民族如此迫切地攫取新奇。没有一个民族能做到如此出色的非个性化。这种弱点就是它伟大的力量。捉摸不定的集权主义是它未曾动用的力量。灵魂的无定性正是促使他们走向确定的因素。

因为关于葡萄牙人的伟大事实是，他们是欧洲最文明的民族。他们天生就是文明的，因为他们生来就是一切事物的继承人，他们丝毫没有过去的心理学家所说的厌新症，意即对新事物的憎恨；他们绝对喜爱新奇与变化。他们没有稳定的元素，像法国人那样，进行革命仅仅是为了出口。葡萄牙人总是进行革命。当一个葡萄牙人上床休息时，他也在进行革命，因为葡萄牙人第二天醒来会大不相同。他确实长大了一天，非常明显地长大了一天。别的民族每天早晨醒来还停留在昨天。明天总是还有几年之远。没有这么奇怪的民族。他们走得那么快，以至于将一切都遗留在未完成状态，包括走得快本身。没有一个民族比葡萄牙人还懒散，这个民族只在工作时才懒散。因此，他们缺乏明显的进步。

在葡萄牙只有两件有趣的事——风景和《俄尔甫斯》。充塞于它们之间的都是用过的腐烂稻草。(……)在现代写作中如果存在着一丝本能的明智，我将会从风景开始，以《俄尔甫斯》结束。但是，谢天谢地，现代写作中并无本能的明智，因此我抛开风景，而以《俄尔甫斯》为始终。(……)《俄尔甫斯》是所有现代文学运动的总和与合成；因此它比风景更值得一写，它是我们生活于其中的这个民族唯一的缺失。

……

4 《阿尔贝托·卡埃罗诗集》总序

阿尔贝托·卡埃罗·达·希尔瓦1889年4月［……］生于里斯本，1915年［……］因肺结核死于同一座城市。除了最初的两年，他一生的大部分时光是在里巴特茹农庄度过的，只是在最后的日子里，他才返回他出生的城市。他几乎所有的诗都写于里巴特茹。这些诗有他的集子《牧羊人》，还有他未完成的作品《恋爱中的牧羊人》，以及他的一些早期诗，为了和其他作品同时出版以便继承，在阿尔瓦罗·德·坎波斯仁慈的提议下，我本人把它们收集在一起，这就是《离散的诗》。[①] 他最后那些诗始于以［……］编号的那一首，它们写于作者生命中的最后时期，即他返回里斯本之后。这个任务降临在我身上：建立一个暂时的区分。由于疾病引发的干扰，这些诗中的部分作品在性质与方向上显示了某些新因

① 即本书中的《〈牧羊人〉续编》。

素，甚至和他作品的总体特色迥然有异。

卡埃罗的生活不可描述：其中并没有什么可说的。他的诗内在于他的生活。在其他一切作品中既无事故也无故事。引发《恋爱中的牧羊人》的那些短暂、徒劳而荒唐的逸事与其说是事故，还不如说是遗忘。

卡埃罗的作品表现了绝对的异教本质，富于重建性。古希腊人和古罗马人生活在异教主义中间，因此他们对此不予考虑，所以在这件事上无所作为。而卡埃罗的全部作品及其异教主义是从不曾在思考中得出结论，甚至它们从不曾被感到。它们来自我们的内心深处，深于感情或理性。说得多了就得解释，那将毫无结果；而证实不足将成为谎言。每个作品都用自己的声音为自己说话，所用的语言既表达了作品也表达了声音。“如果你不得不问，你将永不知情。”没有什么需要解释的。想象一下试图向某个人解释他不会讲的语言那种情形。

忽视生活，文学作品几乎也是如此，几乎没有朋友或训练，卡埃罗以深入而细微的进步创作了他的作品，就像通过无意识的人类意识心理促进逻辑文明的发展一样。他获得的是一种感觉的进步，一种感受方式的进步，以及源于这些不断进步的感觉而促成的思想的密切进化。通过某种超常的直觉，当一个人建立了一种宗教（然而“宗教”的外罩并不适合他——却目击了他对所有宗教和哲学的断然拒绝），这个人描述世界却不假思索，并创立了一种宇宙的观念——一种完全抵抗解释的观念。

初次面对出版这些诗的公司时，我想我会对卡埃罗的作品写一篇冗长而散漫的批评性研究文章，它的本性以及自然的命运。但我发现我不能做出满意的研究。

对我而言，它是超负荷的，但理性却迫使我用几句无效的话为大师的作品写个序言。除了已经写过的作品之外，我写不出任何其他有用或必要的文字，在我的作品第一册的［……］颂中不曾被热诚表述的，在书中，我为那个男人而哭泣，而那个男人对我（这将逐渐适用于许多他者）而言则是揭开现实的面纱的人，或者，正如他自己所说的，是“追寻真正感觉的英雄阿耳戈”——那个伟大的解放者，他使我们回归自我，面对我们所属的闪光的虚无而歌唱；它引导我们远离生死，把我们留在简朴的事物中，它们持续存活，无视生死；他使我们摆脱希望与绝望，以使我们既不寻找无根据的安慰，也不寻觅无意义的悲哀；以使我们可能生活在他身边，不思不想，作为宇宙客观需要的同伙。

我把他的作品献给你，由于这个世界存在着无法避免的危险，它的编辑工作委托给了我。我把它献给你，并做如下陈词：

啊欢乐，在历史中
你所有的哭泣，我们最坏的疾病！
伟大的潘神再生！

里卡多·雷斯

5 《阿尔贝托·卡埃罗诗集》译序

托马斯·克罗塞

将我译的这些诗放在英语读者群面前，我这样做是完全自信的，因为我在进行一次展示。我非常自信地断言：我提供给英国人的是迄今为止我们这个年轻的世纪创作出来的最具原创性的诗歌——一种如此清新、如此新颖的诗歌，任何一种传统的态度尚未达到这种程度，以至于一位葡萄牙朋友谈到这些诗时告诉我——他的话非常恰切："每次读到它们，"他说，"我都不能相信它们是被写出来的。如此不可思议的成就！"更加不可思议的是，它是那么朴素，自然而自发。

……

卡埃罗就像惠特曼，留给我们的是迷惑。如此非凡的现象，使我们的批评看法全然无效。我们从未见过这样的作品。甚至在惠特曼之后，卡埃罗仍然是奇特的，新得令人毛骨悚然。甚至在我们的时代，当我们相信没有什么东西能使我们吃惊或令我们大声称奇，卡埃罗确实令人惊讶，确实散发着绝对的新奇。在我们这个时代能够做到这一点，这是他天才的明确而最终的证据。

他如此新奇，以至于有时很难清晰地想象他的所有新意。他太新了，他极端的新意折磨着我们对他的想象力，就像所有极端的事物都会折磨想象力一样。尽管它对于新意本身十分新奇，以至于成为折磨想象力的极端事物。但它是非凡之物。甚至新奇与成为新的方式就是卡埃罗的新奇库。他不同于所有采用另一种方法的诗人，就像所有大诗人不同于其他大诗人一样。和所有早于他的诗人相比，他有一种另辟蹊径的个性。在这方面，惠特曼肯定甘拜下风。为了解释惠特曼，即使把他放在所有可想到的原创性的基础上，我们只需要把他看作一个热情的生活者，他的诗源于生活，就像花朵开自灌木。但同样的方法却不适用于卡埃罗。即使我们把他视为一个生活在文明之外的人（当然，这是一个不可能的假设），视为一个异常清晰地透视事物的人，也不能在我们脑海中顺理成章地产生一个类似于牧羊人的形象。极其柔和地把事物只看成事物，这可以描述我们假定的那种人，却不能描述卡埃罗。他有时柔和地提到事物，但他这样做时请求我们原谅，并解释他只是考虑到我们“感觉的愚蠢”才这样说，以使我们感受事物“绝对真实的存在”。至于他本人，他对事物并不柔和，即使对他的感觉也几乎没有任何柔和可言。在这里，我们触及了他伟大的原创性，那种几乎不可想象的客观性。他只用眼睛看事物，而不是用心。观看一朵花时，他不让任何思想萌动。迥然不同于从石头中看出教训的做法，他从不让自己把石头视为布道的开始。对他来说，一块石头包含的唯一教训就是它的存在。一块石头告诉他的唯一事情就是它根本没有什么可以告诉他。心态可被想象类似于此。但它不能出自诗人的想象。这种观看石头的方法可被描述为全无想象的观看方法。关于卡埃罗的惊人事实是，出于这种观点，更确切地说，是观点的缺乏，他创作诗歌。他明确感到迄今不能被想象到的事物，除非作为一种否定的观点。向你自己提出这样的问题：当你观看而不思考时，你如何看待石头？或换句话说：当你根本不考虑它时，你如何看待石头？当然，这个问题很荒唐。与此相关的奇怪观点是，卡埃罗的所有诗歌都是建立在这个基础上，即你发现向你自己描述能存在的事物是不可能的。也许我并未成功地指出卡埃罗灵感的非凡性，他的诗歌那种惊人的新奇，他的天才，以及整体姿态令人震惊的史无前例性。

据说阿尔贝托·卡埃罗曾悔恨于“感觉主义”这个名字，他的一个信徒（一个相当古怪的信徒，这是真的），阿尔瓦罗·德·坎波斯先生，给予他的态度，以及他创造的这种态度。如果卡埃罗反对这个词，可能似乎暗示一个“流派”，例如，像未来主义，他是对的，有两个原因。因为流派和文学运动的这种暗示用于如此原始而自然的诗歌类型时听起来很坏。此外，尽管他至少有两个“信徒”，事实是他对他们的影响相当于某位诗人——或许是塞萨里奥·维尔德——对他的影响；和他一点也不相似，不过事实上，远比塞萨里奥·维尔德对他的影响更明显，他的影响可以在他们所有的作品中看到。

但事实是——这些考虑一旦被放在一边——没有名字可以更好地描述他的态度。他的诗属于“感觉主义”。其基础是用感觉替代思想，不仅作为灵感的基础——这是可以理解的——而且作为一种表达方式，如果我们可以这样说的话。而且，还可以加一句，他的这两个信徒是不同的，和他不同，也彼此不同——也是真正的感觉主义者。里卡多·雷斯博士坚持他的新古典主义，以及他对异教神存在的现实而真实的信仰，是一个纯粹的感觉主义者，不过是个不同类型的感觉主义者。他对自然的态度像卡埃罗一样冒犯思想；他不理会事物的意义。他只看事物，尽管他像卡埃罗一样非智力、无想象地观看事物，如果他观看事物时似乎不同于卡埃罗，那是因为他通过一种对宇宙的明确宗教观——异教主义，纯粹的异教主义——来观看事物。这必然改变他感觉的直接方式。但他是个异教徒，因为异教是感觉主义者的宗教。当然，像卡埃罗这样纯粹而完整的感觉主义者，从逻辑上来讲是根本不信宗教的。宗教并非存在于纯粹而直接的感觉的直接事实里。但里卡多·雷斯将他态度的逻辑非常明确地视为纯粹的感觉主义者。按他的说法，我们不仅应该服从事物纯粹的客观性（因此他的感觉主义正宗，还有他的新古典主义，因为古典诗人是那些至少直接对事物发表评论的人），而且服从同等的客观性，现实，我们本性必需的自然，其中宗教情感是一种。卡埃罗是纯粹而绝对的感觉主义者，他服从源于外部的感觉，而不承认别的。里卡多·雷斯不太绝对；他也服从我们自身本性的原始元素，我们原始的感觉对他来说像花朵和树木一样真实而自然。因此他是虔诚的。而且，鉴于他是一个感觉主义者，他是一个他宗教里的异教徒，这不仅由于感觉的本性：它一度被想象承认为某种宗教，而且由于那些经典阅读的影响，他的感觉主义使他倾向于此。

相当奇怪的是，阿尔瓦罗·德·坎波斯持相反的观点，完全反对里卡多·雷斯。不过他不像后者是卡埃罗的信徒和正宗的感觉主义者。他从卡埃罗那里接受的并非本质与客观，而是他态度中的推论和主观部分。卡埃罗坚持，感觉是全部，而思想是一种病。通过感觉，卡埃罗如其所是地感觉事物，并未从个人思想、惯例、感情或其他灵魂之地附加任何元素。对坎波斯来说，感觉事实上是全部，但是对事物的感觉未必如其所是，而是他们感觉到的事物。因此他将感觉视为主观的，一旦这样想，他就把所有的努力，不是用于发展自身对事物如其所是的感觉，而是对事物的各种感觉，甚至是对同一个事物的各种感觉。感觉就是全部；最好用各种方法感觉各种事物，这个结论是符合逻辑的，或者，如阿尔瓦罗·德·坎波斯说给自己的，“用每种方法感觉每种事物”。所以他使自己像感觉乡村一样感觉城市，像感觉反常一样感觉正常，像感觉好一样感觉坏，像感觉健康一样感觉疾病。他从不提问，他感觉。他是感觉的未受训练的孩子。卡埃罗受过训练：事物必须被如其所是地感觉。里卡多·雷斯受的是另一种训练：事物必须被感觉，不仅如其所是，而且为了符合经典尺度和规则的某种理想。在阿尔瓦罗·德·坎波斯这里，事物只须被感觉。

但这同一个理论的三种迥异的方面拥有共同的根源，这是显而易见的。

除了简朴，卡埃罗没有道德倾向。里卡多·雷斯有异教道德，享乐主义与禁欲倾向各占一半，但是一种非常确定的道德，并为他的诗歌提供了一个高度，卡埃罗本人尽管是个更伟大的天才（不计主人身份），也不能达到这个高度。阿尔瓦罗·德·坎波斯没有道德的阴影；他与道德无关，如果不是绝对不道德的话，因为当然，按照他的理论，他热爱强烈的感觉胜过虚弱的感觉，这是自然的。而强烈的感觉至少都是自私的，有时是残忍和色情的感觉。因此阿尔瓦罗·德·坎波斯在三人中最像惠特曼。但他没有惠特曼的同志之爱；他总是游离于人群之外，和他们一起感受时，取悦他本人并给他本人提供残忍的感觉，这是非常清楚明白的。一个八岁的孩子道德颓丧（颂2[①]，结尾），这种观念对他肯定是快乐的，因为它满足了两种非常强烈的感觉——残忍和色情。卡埃罗常

---

① 即《胜利颂》。其中写到八岁的女儿在楼梯间对看上去很体面的男人进行手淫的场景。

说他毫不关心人的受苦，这可以称为不道德的，而病人的存在是有趣的，因为它是事实。里卡多·雷斯没有这种倾向。他生活在自我中，坚持异教徒的信仰及其可悲的享乐主义，但他的态度之一就是不伤害任何人。他对别人绝不关心，甚至对他们的受苦和存在也不感兴趣。他是道德的，因为他是自足的。

将这三位诗人和宗教精神的三种秩序相比，将对此刻（也许不恰当）的感觉主义与宗教相比，可以说，里卡多·雷斯显示了信仰的正常宗教精神；卡埃罗是个纯粹的神秘主义者；阿尔瓦罗·德·坎波斯是个过分的仪式主义者。因为卡埃罗在自然中忽视造化，在感觉中忽视感觉，在事物中忽视事物。而坎波斯只在感觉里忽视感觉。

6 《牧羊人》(1911—1912) 序

如果批评家仔细分析这些看似很简单的诗，他将会反复遇到一些出乎意料，以及复杂激增的因素。仅就那些直接给人留下印象的诗歌而言——它们具有卡埃罗诗歌的自然性和自发性——他将会吃惊地发现：它们同时被一种思想严密地统一在一起。这种思想不仅是谐调的，将作品联系在一起，而且还预见了异议，预期了批评，对诗中的缺点做出了辩解，并将它们整合为作品的精神性实体。尽管我们认为卡埃罗是个客观的诗人——他确实是个客观的诗人——在他的四首诗里，我们发现他表达了完全主观的感情。但我们不容许以指出他的错误来获得残酷的满意。在这四首诗前面的一首诗里，他解释说它们都写成于患病期间，因此它们势必不同于其他诗，因为疾病是不健康。批评家不能举起残酷的满意这只杯子凑近自己的嘴唇。当他发现这些诗有悖于作品自身的内在理论时，他还是感到了一丝不太明确的快乐，因此，他将这些诗歌标上了数目，并以［……］和［……］表示。在此他的异议已被提出，并做了相应的答复。

只有那些耐心阅读作品的人，以及在精神上做好准备的人，才能对卡埃罗的预见和智力上的一致性做出令人吃惊的评价（他的一致性事实上在智力上比在情感上或情绪上更丰富）。

卡埃罗的作品真正是异教心理的表现。异教的秩序和训练，这些基督教使我们失去的事物，对待事物的富于理性的智力，这些异教的明显特性已不属于我们——这些思想弥漫在他的作品中。因为它在此说出了它的形式，我们看到了异教的本质，而不是外在的形状。换句话说，我们没有看到卡埃罗重建异教的外在形式。事实上，异教的本质源于阿佛纳斯的传唤，①正如俄尔甫斯传唤欧律狄刻一样，②这种传唤由卡埃罗情感的和声与旋律的魔力结合得以完成。

从我自己的标准来说，这些作品的缺点是什么呢？只有两个，而且它们都丝毫不能减弱诸神的这位

① 原为意大利某处火山的喷口，后成为传说中的地狱入口，或地狱的代名词。

② 俄尔甫斯，太阳神阿波罗之子，善弹竖琴，其琴声能感动草木、禽兽和顽石。欧律狄刻，俄尔甫斯的妻子，被毒蛇咬伤而死。俄尔甫斯为了使妻子复活，下到可怖的地狱。冥王哈德斯同意他带妻子还阳，并嘱他走出地狱前不要回头看妻子。结果俄尔甫斯忍不住回头看了一眼，因而永远失去了妻子。

兄弟的光辉。

卡埃罗的诗缺乏一种可以使它们完善的东西：没有一种外在的训练将其力量、连贯性以及统治其作品核心的秩序加以合理分配。正如我们将要看到的，他选择了诗的形式，尽管这种形式很有个性——它通常可以达到这一点——但它只不过是现代的自由诗。和那些大体上总是用训练控制感情的人相比，和那些总是控制自己观念的人相比，他不能用支配一切的训练控制自己的写作。我们可以原谅这个缺点，因为对于革新者我们必须多多谅解，但我们必须不加隐瞒地说这是一个缺点，而不是卓越之处。

他不能完全控制病态的情感（还夹杂着轻微的半基督教徒倾向），诗人的心灵由此进入世界。他的观念基本上总是异教的，有时披着极不合身的情感制服。在《牧羊人》里，呈现出一个逐渐完美的进程。最后的诗——尤其最后两首前面的四五首诗——在观念和情感的结合上是完美的。由于保留着因某种基督教徒心态的情感外衣而造成的负担，这使他即使在作品的末尾也未能成功地摆脱那种过去的观念，这可以原谅。不过，尽管他在诗的演变方面确实成功了，我仍然要谴责他，而且是严厉的谴责（就像当面严厉地谴责他），因为他不曾回归到他的早期诗歌，并把它们调整到他已经获得的训练这个轨道上来，如果他不能将它们中的任何一首纳入这种训练，他就应该将它们全部删除。但这种牺牲的勇气在诗人中还很少发现先例。和第一次写作相比，重写的难度要大得多。的确，和古老的谚语相反，最后一步是最难的。

同样，我发现了带［……］的诗，对一个基督教徒来说这是非常令人恼火的，对一个处于重建异教本质过程中的客观诗人来说，这也是极其可叹的。在这首诗中，他把基督教徒的主观主义降低到了绝对的最低点，深入到客观与主观的混合，这已成为现代的典型弊端——从臭名昭著的维克多·雨果那些无法容忍的著作中的某些页码到绝大部分乱七八糟的喷发式涂抹，这类东西有时被我们当代的神秘主义者误认为是诗歌。

也许我有些夸大其词，也许我有些出言不逊。由卡埃罗促成的异教重新流行使我获益良多，而我却像所有受益者那样忙于肤浅的二流艺术的发展，革新无疑使我受益很多，而对内在于革新的缺点的责备，很可能使我成为忘恩负义的人。但是，在我发现缺点的地方，即使我原谅了它们，我必须如实说出。我更爱真理。

里卡多·雷斯

7 《恋爱中的牧羊人》序

我意识到这两首诗是世界爱情诗的珍品。我们从中感到了一种新的爱，从恋爱的感情中听到了一种新的音乐。卡埃罗很可能有时不忠实于他的原则；他只能忠实于原创。这些爱情诗在爱情诗歌史上是独一无二的。我意识到这个事实，并不赞赏，因为我对赞赏控制得很有高度，异常珍惜。爱的这种状态相当自然，但几乎不能用艺术的方式把这种印象适宜地固定下来。能够一贯控制自己，特别是让智力控制住感情的艺术家十分罕见；但同是这些艺术家，肯定不能根据这样或那样的公式把他们的感情安排在专栏里。

卡埃罗的纯粹哲学气质使他不善于接受那些恋爱的情感，这已经扰乱了它们，而且还会进一步扰乱他与爱情极不适合的气质。因此，在《恋爱中的牧羊人》这两首诗里，他暂时放弃了自己的原则和天然的客观性。一个恋爱中的人怎么能不朝里看呢？

这种精神迷恋产生于没有结果而备受叨扰的恋爱

片段，其细节我不得而知也不想知道，这些片段的过程在诗人的心中奔腾，最后他在毁灭中醒来。除了这些飞逝的诗意事件，卡埃罗再也无法返回那种极度宁静而神圣的梦想中了。作为一个诗人，在逐步清除了积累在自身中的基督教徒精神之后，他走向了他所谓的“牧羊人”的道路。

我将做进一步评论。在对卡埃罗作品本质的大量解释中，我也含蓄地解释了当退化发生时，它退化成了什么。考虑到它给我带来的那么多苦恼，我很高兴就这一点做出评论。我奉劝读者根据我的指点，忽略这两首不讨人喜欢的诗，这样在快乐心情没有多大增加的情况下，读到许多完整或不完整的片段，它们将结束卡埃罗的这个作品集。

里卡多·雷斯

8 卡埃罗谈真实[①]

“我从不修改，”我的大师卡埃罗曾经告诉我，“如果我用某种方式写作，这是因为它显示了我感觉的方式，今天我对它感觉有异，这对我来说并不代表什么。确实，我的诗与诗总是自相矛盾的，但是，如果我不反对我，那有什么要紧？我某些诗里的事物，你知道吗？现在，而不是任何时候，我再也写不出来了。但那时我写下了它们，在写下它们的那个时刻，因此我让它们随其自然。”

针对我的疑问，他举了一个例子：

“好吧，只需看一下我那首关于少年耶稣的诗。[②]今天我绝不会写‘我的眼睛凝视着他指点的手指’——即使在我心烦意乱时也不会这么写了。我绝不会写他和我的梦一起玩耍，抓住腿把它们扔到空

---

① 选自坎波斯的《我的大师卡埃罗回忆录》。

② 即《牧羊人》的第 8 首《少年耶稣的故事》。

中，将我的梦放在别的梦上面，以及诸如此类的其他东西。无论如何，今天我甚至不会写那首诗。这是表达该主题的唯一作品。”

我为那首诗辩护，卡埃罗显得有罪似的说了这些话。

“不，不，没有借口。它们只是谎言，就这么多。你观看的方向不是一个手指，而是你观看的方向。你不会像玩抛接子游戏或空火柴盒游戏一样和梦玩耍。无论如何，这些东西全属虚无。它是我心烦意乱时的一个作品。即使我心烦意乱，我也存在于我的心烦意乱中。

“我清楚地记得我写那首诗的原因。B 神甫——坐在我家和我姨妈谈话，他谈的事情使我非常恼怒，我不得不写了那首诗以延续呼吸。因此，它位于我通常的呼吸之外。但恼怒状态并非我内心的真实状态，因此那首诗事实上并不属于我，而是属于我的恼怒，属于和我一样最能感受同种恼怒的人。

“今天，如果我恼怒——这些天来很少发生——我就不会写任何东西。我会让恼怒恼怒。随后，当我感到需要写作时，我就会写作。我会让写作写作。

“甚至今天，有时我也写与自己不一致的诗。但我写得很随意。我认为人们是有趣的，因为他们不是我，因此有时我对我不是我的瞬间很感兴趣。无论如何，今天我不可能像过去写关于少年耶稣的诗时那样远远地逃离自己。我仍能逃离自我，但我不再逃离现实。”

卡埃罗沉默了一阵子。然后他接着说：

“最近一首逃离自我比较突出的诗是我上个月写的，当时刚和里卡多·雷斯和安托尼奥·莫拉谈到异教和诸神。”（他指着《离散的诗》，数字……）

“听他们说话时，我开始想象如果我想象宗教会是什么样子。我想到的正是它不得不然的状态。因此我写了那首诗，并非一首有诗意的作品，而是一首想象力之作……是的，像讲故事。我不得不在开头写出‘我也知道如何创作神话故事’①——当然，仅此一次……”

“你的另一首诗和它有些类似。”我说。卡埃罗怀疑地看着我。“在那首诗中，你提到一个人在点着灯的房子里，很远，你说当你看不见那个人时，他就停止了存在。”②

“我没有说他不再真实了。我说的是他对我不再

---

① 应指《牧羊人续编》的第 68 首《倒数第二首诗》，其首句为“我也知道如何进行猜想”。

② 即《牧羊人续编》的第 12 首《从远处传来的那束光》。

真实了。我的意思并非他对那些能看见他的人是不可见的。他对我是不可见的。他可能已经死了。”

“那么你承认有两种真实?”

“不止两种,”我的大师卡埃罗出乎意料地回答,“看……椅子是椅子,椅子是木头,椅子是形成木头的物质——我不知道化学家怎么说——而且很显然,椅子可能是除此以外的许多其他事物。但椅子同时是它们。如果我观看它,它基本上是个椅子;如果我触摸它,它基本上是木质的;如果我咬它,尝木头的味道,它基本上是形成木头的物质。它就像事物的前后左右各方面。每个方面都是真实的。那个我已经看不见的人可能是真实的,但我在另一个方面,离他很远。因为我不在他那个方面,他对我不再是真实的。”

9　致阿道夫·卡赛斯·蒙特罗[①]

里斯本，1935年1月13日

我亲爱的朋友和同事：

非常感谢你的信，我马上就要全面回复。但在开始之前，我必须为这种用于复印的纸道歉，这是我能做的最好办法，因为我的好纸已经用完了，而且是星期天。但我觉得差纸更宜于拖延给你回信。

首先，让我说，我永远也不会明白你不同意我时写的任何事情的“隐蔽动机”。我是极少数不能裁决自身绝无过失的葡萄牙诗人之一，我不认为对我作品的批评是“冒犯神圣”的行为。不过我可以忍受另一种精神缺陷，我没有哪怕最轻微的被迫害妄想症迹象。此外，我很清楚你的智力独立性，这是（如果我

① 阿道夫·卡赛斯·蒙特罗（Adolfo Casais Monteiro，1908—1972），诗人，小说家，评论家。《现场》杂志编辑，佩索阿作品热情的赞赏者，20世纪30年代最重要的文学对话者之一。这是佩索阿最长的一封信，也是他最著名的一封信。

可以这样说）我极为支持并赞赏的。我从未渴望成为大师，因为我不知如何教导，我也不确定我有什么可教，我也不幻想自己成为领袖或首领，因为我不知道如何炒一颗鸡蛋。因此，无论你可能对我说什么，都不要不安。我不是那种无事生非的人。

我完全同意你，像《使命》这样的书并非一本恰当的首选出版物。确切地说，我是一个神秘的民族主义者，一个理智的隐形归来者。但除此以外我是个多面人，甚至自相矛盾。因为它是这种书，《使命》并不包括这些多面性。

我用这本书开始我作品的出版，只是因为它是第一本，无论因为什么理由，我设法组织并做准备。因为都已经准备好了，我被催促出版它，因此我就这样做了。请注意，我这样做并非看中了由国家宣传部提供的奖金[①]，不过那也不是一桩严重的智力罪。我的书直到九月才准备，我甚至认为它太晚了，赶不上竞争奖项，因为我不知道交稿的最后期限已从七月底延长到十月底。因为《使命》的样本十月底已经可用，我按照宣传部的要求提交了样本。这本书恰好符合竞赛

---

① 佩索阿获得了二等奖，显然是因为他的书在长度方面未达到一百页这个要求。

规定的条件（爱国主义）。我入选了。

以前，我有时想到有朝一日我的著作若能出版应如何排序。没有一本书像《使命》名列前茅。我曾左右为难：是始于一部大型诗集——长约三百五十页——那将汇集费尔南多·佩索阿本人的各种子人格，还是始于一本侦探小说（我还没有写完）？

像你一样，我确信《使命》不是一部恰当的文学首选出版物，但我确信在那种环境下它是我能做出的最佳首选出版物。我人格的方面——在某种程度上是次要方面——从未在我的杂志出版物（除了该书的节选，题为《葡萄牙人的大海》）中得到如此充分的体现，正因为这个原因，让它面世是好的，因此它现在发表了。在我这方面，没有任何计划或事先策划（实际上我不能事先策划），它恰好赶上国家潜意识转变的关键时刻（在"临界的"这个词最原初的意义上）。碰巧发生的事和别人催促我完工被伟大的建筑师用尺子和圆规精确地绘成。

（不，我没疯，也没醉，但我在即兴写作，快得如打字机催促我，我在用我突然想到的任何词语，不考虑它们的文义。想象——因为这是真的——我正在和你谈话。）

现在我直接回答你的三个问题：（1）我的作品

未来出版的计划，（2）我的异名的起源，和（3）神秘学。

在出版《使命》的上述环境引导下，我准备进行如下排序。现在我刚完成《无政府主义者银行家》全修订版；这应该在最近的将来准备就绪，我希望毫不拖延地出版它。如果成功了，我会马上把它译成英语，并努力在英国出版。这个新版在欧洲应该有可能受欢迎（不要把它视为很快就会得诺贝尔奖）。下一步——现在我直接回答你的提问，这关系到我的诗歌——我计划用这个夏天将费尔南多·佩索阿本人的短诗集成一大册，如上面提到的，并尽力在本年结束前出版它，这是你一直期待的书，也是我本人急于出版的书。这本书会显示我的所有方面，除了爱国主义，这一点《使命》已经显示了。

你会注意到我只提到费尔南多·佩索阿。此时我不想谈卡埃罗、里卡多·雷斯或阿尔瓦罗·德·坎波斯。就出版而言，我对他们无能为力，除非（见前）我获得诺贝尔奖。不过——想到这使我悲哀——我将我所有戏剧性的人格解体分给卡埃罗；我将我所有的精神训练分配给赋予自身特殊韵律的里卡多·雷斯；对阿尔瓦罗·德·坎波斯，我集中了所有否定自我的情绪，而不把它们变成生活。我亲爱的卡赛斯·蒙特罗，想到所有他们三个，就出版而言，必须听从费尔南多·佩索阿的不纯或卑微！

我相信我已经回答了你的第一个问题。如果哪些方面还有疑问请让我知道，我会尽力把它说清楚。现在我不再有任何计划，考虑到我的计划通常牵涉到的方面，以及它们最后的结果，我只能说："感谢上帝！"

现在转向你关于我异名起源的提问，如果我能完整地回答你，我才会明白。

我将从精神病学方面开始。我的异名源于根深蒂固的歇斯底里。我不清楚折磨我的是简单的歇斯底里，还是更具体的癔病性神经衰弱。我怀疑是后者，因为我有意志力丧失症，这是简单的歇斯底里难以解释的。无论这种病是什么，我异名的精神起源存在于我对人格分裂和伪装怀着持续而根本的倾向。幸运的是，对我以及别人来说，这些现象已被内化于心，置身于人群中，它们并不显露在我身外的日常生活之中；它们在我体内爆发，只有我体验它们。如果我是女人（女人的歇斯底里常爆发于外，通过攻击等），阿尔瓦罗·德·坎波斯的每首诗（我体内最歇斯底里的部分）将会使邻居大吃一惊。但我是男人，对男人来说，歇斯底里主要影响内心；因此它无不结束于沉默和诗歌……

这解释了我异名的根本起源，我已尽我所能。现在我将叙述它们的现实史，始于已经死去和某些我不再记得的异名——它们已经永远消逝在我几乎已经忘却的童年的遥远时光里。

自从我孩提时，在我周围虚构一个世界，用从不存在的朋友和熟人环绕我自己（当然，我不太肯定，是他们真的不存在，还是我并不存在。在这个问题上，像和他人一样，我们不应武断），这已经成为我的习惯。自从我知道我自己被称为“我”以来，我就能想象各种不真实的人的身材、动作、性格和生活故事，他们对我是可见的、亲近的，就像我们或许太草率地称为真实生活的现象一样。这种倾向，可以追溯到我记得成为我的时刻，它总是伴随着我，稍微改变了迷醉我的音乐，但从未停止用那种方式迷醉我。

因此我记得我相信的是我第一个异名，更确切地说，我第一个不存在的熟人——谢瓦利埃·德·帕斯——通过他，我给自己写信，当时我六岁，他尚未完全模糊的形象对我那种近乎怀旧的感情仍然有所要求。另一个形象我记不清了，他还有一个外国名字，我想不起来了，他是谢瓦利埃·德·帕斯的对手，这些人物出现于整个童年？必定——或也许。但我如此激动地铭记他们，以至于我仍然铭记他们；他们的记忆如此强大，以至于我不得不提醒自己：他们是不真实的。

在我周围创造另一个世界这种倾向，就像这个世界但和他人在一起，从未离开我的想象。它已穿越各阶段，包括那个在我心中开始的年轻人，当一个机智的谈论完全超出我是谁或认为我是谁时，有时会因某种未知的原因被我想起，我会马上自发地说它好像是来自我的某个朋友，他的名字我会发明，还有传记细节，以及他的形象——面相、身材、衣着和姿势——我会马上看到他在我眼前。因此我详述，并繁殖，各种朋友和熟人，他们从不存在，但我可以感到他们，甚至几乎三十年以后的今天还能听见看见。我重申：我感到、听见并看见他们。我怀念他们。

（一旦我开始谈论——对我来说，打字就像交谈——便很难刹车。但我会停止打扰你的，卡赛斯·蒙特罗！现在我开始谈我文学异名的起源，这是你真正感兴趣的。迄今为止我已经写的无论如何会用作赐予他们生命的母亲的故事。）

在 1912 年，如果我记得准确的话（不可能差得太远），我萌生了一个想法：用一个异教徒的视角写诗。我用自由诗体（不是阿尔瓦罗·德·坎波斯的风格，而是半格律风格）草拟了几首诗，随后就把它们忘了。但写这些诗的这个人模糊而朦胧的肖像在我心中成形（不识于我，里卡多·雷斯已诞生）。

一年半或两年以后，一天我突然想起和萨-卡内罗开的一个玩笑——发明一个相当复杂的田园诗人，我会用我已忘记的现实的某种面具描述他。我花了几天时间，努力想象这位诗人终归徒劳。一天我终于放弃了——那是 1914 年 3 月 8 日——我从极高的抽屉，抽出一张纸，站着开始写，像我随时做的那样。我一口气写了三十多首诗，用一种我不能描述的迷狂，这是我生活的胜利日，我再也不会有另一个这样的日子了。我开始起题目，《牧羊人》。随后那个人的容貌出现在我心中，我马上给他起名阿尔贝托·卡埃罗。请原谅这种叙述的荒唐：我的大师我在心里出现了。这是我当即感到的，这种感受如此强烈，那三十多首诗一写好，我抓住一张新纸写起来，又是一气呵成，六首诗组成《斜雨》，作者是费尔南多·佩索阿。一气呵成而且全神贯注……作为阿尔贝托·卡埃罗的费尔南多·佩索阿转向了费尔南多·佩索阿本人。更确切地说，这是费尔南多·佩索阿反对阿尔贝托·卡埃罗不存在的反应。

阿尔贝托·卡埃罗一出现，我就从潜意识里本能地尽力为他寻找门徒。从卡埃罗虚假的异教主义，我提取隐身的里卡多·雷斯，最后发现他的名字，将他调准到他真实的自我，因为此刻我实际上看见他了。随后一个新的个体，与里卡多·雷斯完全相反，突然凶猛地进入我的脑海。这是一股连续的溪流，没有中断或纠正，这个颂名为《胜利颂》，作者的名字正是阿尔瓦罗·德·坎波斯，诞生于我的打字机。

因此我创造了一个不存在的小团体，把它放在现实的框架里。我弄清了对作品和他们之间友谊的影响。我谛听自己的内心，他们的讨论和观点的分歧，在这一切之中，似乎是那个我，那个至少存在于那里的人，创造了他们全部。似乎没有我他们都还在活动。因此似乎还在活动。如果有一天我能出版里卡多·雷斯和阿尔瓦罗·德·坎波斯之间的审美争论，你会明白他们如何不同，以及我如何和此事毫无关系。

谈到出版《俄尔甫斯》，我们在最后关头发现不得不找些文章充实这一期，因此我向萨-卡内罗建议我写一首阿尔瓦罗·德·坎波斯的“旧”诗——例如阿尔瓦罗·德·坎波斯在遇见卡埃罗而未受他影响之前本会写的诗。因此我开始写《欧排瑞》[①]。在诗中我

---

① 1915年发表于《俄尔甫斯》第1期，题献给萨-卡内罗。

试图混合阿尔瓦罗·德·坎波斯的所有潜在倾向，那最终会被揭示但仍未显示与他的导师卡埃罗联系的痕迹。在我写的所有诗中，这是给我最大麻烦的一首，因为它要求双重的人格解体。但我认为它结果并不坏，它确实向我们显示了阿尔瓦罗在发展中。

我认为应该向你解释我异名的根源，但如果存在着我需要阐明的任何要点——我正在快速地写，当我写快时便不太清楚——让我知道，我会乐于效劳。这里有个真实而歇斯底里的补遗：当阿尔瓦罗·德·坎波斯写《我的大师卡埃罗回忆录》的某些段落时，我流下真实的泪水。我说这一点以便你理解你应对的是谁，我亲爱的卡赛斯·蒙特罗！

关于这个话题还有一些要说的……在透明而真实的梦空间里，我看见卡埃罗，里卡多·雷斯和阿尔瓦罗·德·坎波斯的面容和姿态出现在我前面。我给予他们年龄，并塑造他们的生活。里卡多·雷斯 1887 年（我不记得月日了，但我把它们记在了某个地方）生于波尔图。他是个医生，目前生活在巴西。阿尔贝托·卡埃罗生于 1889 年，卒于 1915 年。他生于里斯本，但一生大部分时间在乡下度过。他没有职业，实际上未接受教育。阿尔瓦罗·德·坎波斯生于塔维拉，1890 年 10 月 15 日（下午 1:30，费雷拉·戈麦斯[1]说，这是真的，因为那时的星象证实了这一点)。坎波斯，如你所知，是个海军工程师（在格拉斯哥学习）但现在生活在里斯本，不工作。卡埃罗身高中等，尽管他的健康状况确实虚弱（他死于肺结核），但他看上去似乎并不那么虚弱。里卡多·雷斯有点矮，强壮，但肌肉发达。阿尔瓦罗·德·坎波斯很高（5 英尺，9 英寸，比我高一英寸），苗条，有点驼背。他们都胡须净光——卡埃罗金发，肤色苍白，蓝眼睛；雷斯皮肤有点黑；坎波斯既不苍白也不黝黑，大致对应于葡萄牙犹太人类型，但长着光滑的头发，通常梳向一侧，戴单片眼镜。卡埃罗，像我说过的，几乎未受教育——只读过小学。他妈妈和爸爸在他年轻时就死了，待在家里，靠家庭财产的一小笔收入过活。他和一位年长的姑姥姥生活在一起。里卡多·雷斯，在耶稣会高中受教，我已提到过，是个医生；他从 1919 年一直生活在巴西，因为他同情君主主义者而自愿放逐。他被正式训练为拉丁语学者，和一个自学的半希腊文化研究者。阿尔瓦罗·德·坎波斯，在正常的高中毕业后，被送到苏格兰研究工程学，起初

---

① 费雷拉·戈麦斯（Ferreira Gomes，1892—1953），佩索阿长期的朋友，在占星学与神秘学方面与佩索阿有共同的兴趣。

是机械后来是海军。假期里，他曾去东方旅行，并创作了他的诗《欧排瑞》。他的拉丁语是一个叔叔教的，这个叔叔是牧师，来自贝拉地区。

我是如何以他们三个的名义写作的？卡埃罗，通过完全意料不到的灵感，不知道甚至怀疑我将以他的名义写作。里卡多·雷斯，在一番抽象的沉思后，在一首颂里突然采用具体意象。坎波斯，当我突然感到写作的冲动而不知是什么时。（我的半异名贝尔纳多·索阿雷斯，在很多方面与阿尔瓦罗·德·坎波斯相似，总是出现在我困倦或昏昏欲睡时，以致我的抑制和逻辑推理能力是悬浮的；他的散文是无穷无尽的白日梦。他是个半异名，因为他的个性——尽管不是我自己的——并非不同于我自己但有所残缺。在不具备逻辑推理和激情时，他就是我。他的散文和我的相同，除了某种形式的控制，那是理性强加于我自身写作的结果，他的葡萄牙语和我完全相同——而卡埃罗的葡萄牙语写得坏，坎波斯写得非常合理但有错误，例如把“我自己”（I myself）写成“我自己”（me myself）等，雷斯写得比我好，但我发现有过分的修辞癖。对我来说，难的是写雷斯，或坎波斯的散文——只是雷斯的散文尚未发表。在诗歌方面，模仿是很容易的，因为更现成。）

在这一点上，你不要怀疑只是通过阅读，坏运气使你陷入疯人院中，最坏的是我向自己解释的那种不连贯方式，但我重申，我写信，就像在和你谈话，以便我能写得快。否则它将花费我数月来写。

我还没有回答你关于神秘学的提问。你问我是否相信神秘学。那样的表述使这个问题不清楚，但我知道你的意思，我会回答它。我相信任何尘世的存在高于我们自身，相信人的存在，栖居在尘世。我相信有各种日益微妙的灵性导致了上帝，他可能创造了这个世界。可能还有别的神灵，相当于上帝，创造了别的宇宙，和我们这个宇宙共存，彼此独立或相互联系。由于这些或其他原因，神秘学的外部秩序，意味着共济会，避开了（除了盎格鲁-撒克逊的共济会）具有神学或大众含义的“上帝”这个词，而宁愿说“宇宙的伟大造物主”，一个对问题悬而未决的表达：他是这个世界的创造者或只是它的统治者。假定存在有层次差异，我不相信和上帝的直接联系是可能的，但根据我们精神协调的程度，我们可以联系较高的存在。通向神秘学的途径有三条：魔术的途径（包括诸如招魂术的练习，在智力上等同于巫术，也是魔术的形式），无论从哪个方面来看，这都是一种非常危险的途径；神秘的途径，它本身不危险但不确定，而且缓慢；还有炼丹术的途径，它是所有途径中最难的，也是最完美的，因为它包含了特别为此准备的人格转变，这不仅没有大危险，而且具有其他途径没有的防御性。至于“入会仪式”，我能告诉你的全部就是这些，它可能回答或可能没有回答你的提问：我不属于初级教团。我的诗《厄洛斯与塞姬》的题词①，摘自葡萄牙圣殿骑士团第三等级的仪式的一个段落（已被翻译，因为原文是拉丁语），显示的只是事实上发生的：我被允许浏览该教团的初始三级，从大约 1888 年以来，它已经失传，或休眠了。要是它不休眠，我也不会引用仪式上那段话，因为还在使用的仪式不应被引用（除非该教团尚未命名）。

我相信，我亲爱的同事，我已经回答了你的问题，虽然到处伴随着困惑。如果你有其他问题，尽管去问他们。我会尽我所能地回答你，不过我可能回复得不够及时，为此我事先请求原谅。

温暖的问候，来自你的朋友，他非常赞赏并尊重你。

费尔南多·佩索阿

---

① 厄洛斯为希腊神中的爱神，又叫“丘比特”，塞姬是他所爱的美女。题词如下：“因此你看，我的兄弟，你在学徒阶段得到的真理和你在行家阶段得到的真理即使相反，也是相同的真理。”

附笔（!!!）

1935 年 1 月 14 日

除了我通常为自己准备的复印件，当我用打字机写信时，信里包含着那种在此发现的解释，我做了另一份复印件随你处置，以防原件丢失，或你由于其他原因需要这个复印件。

另一件事……它可能发生在未来，为了研究你的作品或其他这种目的，你需要从这封信中引用一个段落。因此你有权这样做，但有一个保留条件，我请求允许在它下面画线。关于神秘学那一段，在我信的第七页，不应以出版的形式复制。在我希望尽可能清楚地回答你的问题时，我有意越过了这个话题自然所需的界限。这样做时我没有不安，因为这是一封私人信件。你可以把我谈及的这一段读给任何一个你喜欢的人，假定他们也同意不以出版的形式复制它的内容。我相信，我可以依靠你遵守这个否定的愿望。

我还欠你一封早就该写的信，关于你最新的书。我重申我相信我在最后一封信中所写的：当我去埃什托里尔住几天时（我想会在二月），我会补上这部分通信，不仅写给你，而且给许多人写相似的信。

哦，让我再问你一次你还没有回答的事情：你收到我的英语诗集了吗？我寄给你有一段时间了。

“为了我的业绩”（用一句商业行话），你会尽快确认你已收到这封信了吗？多谢。

费尔南多·佩索阿

10 坎波斯致卡埃罗的一封信

亲爱的卡埃罗：

在你的诗中，我崇拜的不是他们所说的可以从中得出的哲学体系：这种哲学体系不可能从中得出。它新鲜，清澈，感觉具有原创性。准确地说，它缺乏体系。你的诗并不使我思考，它们使我感觉；它们不曾使我感到爱或恨或激情——适合在市场出售的情绪——它们使我感受事物，如同我正在以高度的兴趣和注意力观看着它们。

我认为爱情诗，感伤诗，爱国诗，自然诗，以及［……］诗已经衰竭了——所有与这些事物或别的任何事物相关的诗已经衰竭了。只有感觉诗还没有衰竭。感觉是个体的，而个性永不重复。我认为我们应该尽力使我们的感觉得到尽可能完整的表达。我们个体的感觉并非爱，恨，或［……］之类的情绪——这些在所有人中太相似了，只是在表达上有所变化，由此艺术变成了致命的模式化，过度的可塑化。真正属于我们的是感觉，感觉真正属于我们，它们是直接的，不承担社会角色，它们直接来自观看，倾听，嗅闻，触摸，品尝；感觉来自和此前生活相同的生活，它来自我们的过去，而且只属于我们。我们每个人都有对自身的感觉，无论它们可能多么矛盾、荒唐和非人性。

因此我认为不存在写爱情、祖国以及［……］的诗人，或表达处于社会秩序中的任何其他事物的诗人。诗歌是个体的。诗歌并不适于表达社会情感。社会情感由行动表达，每种社会情感都有相应的行动。而诗歌存在于行动和姿态不能表达的事物中。

在你的诗里，我亲爱的大师，我欣赏的正是你实现了这一点，而不是提供了多少知晓异教价值的歌唱。异教主义吸引我，就像基督教或其他任何事物一样，而不是我和我的感觉。你对当前社会和艺术教条的鄙视足以使我充满激情。

无疑，他们会说艺术不应源于个性，因为别人将不能感到它。这是胡说。只要某种事物被词语表达出来，另一个人就能感到它。只要他们不愚蠢或拥有另一种秩序的敏感性——假定他们活着。那些陌生的情绪不可被表达……如果它们不可被表达，那么别人如何能理解它们或不再理解它们？只要一件事物适合语言，就适合别人理解。当然这种理解并不完美，因为我们都是不同的，都用我们自己的方式感受事物，但它是可理解的，这对我来说就足够了。

我将尽力解释得更好一些。每个面对美好日子的人都把他们的感觉称为幸福。这种情感是可信的，因为它没有社会功能，也不能被转化成一个动作，一种行动——我们可以观看日子并享受它，但从另一种意义上说，它是情感。欣赏一位美丽的妇人或别的任何美丽事物已经是别的东西——因此是卑劣的——因为比较可能被某种饱满而更直接的表达意图激发出来——注意，我说的是“更直接”。

我得知有些风景可以让人们纵情欢呼。所以，如果表达快乐，我们就欢呼。如果它可以被说出，就把它说出来。

但到此为止，一劳永逸——社会的或爱国的诗，爱或恨的诗，[……]。如果有人适于人道主义，他应当做教师，或护士，或诸如此类的工作。人道主义可以被许多人感到，因为它属于社会的情感秩序。

生活是旅程，有人到处经商，有人在轮船上度蜜月，还有人像我一样在旅行。我终其一生在观看。和任何一个好的旅行者一样，对我来说，万物皆为景观：乡村，城市，房间，工厂，灯光，酒吧，女人，痛苦，欢乐，怀疑，战争［……］。为了充分利用旅程，我想在尽可能短的时间里感受尽可能多的事物；用各种方式感受万物，用各种形式的爱爱万物，接触观看事物而不把它们确定下来，经历它们却从不回顾——对我来说，这似乎是作为一个诗人唯一值得的命运。

我从你的诗中学到了印象的新颖，感受的直接——我已经用其他方法把它运用到自然的不同秩序中。对我来说，一台机器也是自然的——因为它很真实（当你认真对待它时，成为自然就是成为真实）——就像一棵树一样；城市像乡村一样自然。重要的是直接而自发地感受事物——树或机器，城市或乡村。和树相比，我的感觉更容易接受机器，和乡村相比，我的感觉更容易接受城市。这并不否认我有权称自己为诗人。最重要的是直接而单纯地感受，而我确实做到了直接而单纯地感受。如果我以直接而单纯的方式感受到复杂、异常和人工，那么，好了，这就是我的感受方式。只要我自发地感受它们，我就站在属于我的地方，站在大自然为我安排的地方，大自然使我成为我。我尽了自己的职责。他们称我“异常的人”，但我不是。［……］我既不异常于我自己，也不异常于［……］，我被迫单纯地感受事物，就像你一样；但我并不像你那样只感受朴素的事物。如果我是我，不是你，为什么我要按你的方式写作？我写的是我如何［……］从内在的层面成为我。我如何能成为“异常”于自己的人呢？

对我来说，异常的唯一方式就是创造或属于一个体系。在一天中，我有时是个唯物主义者，有时是个绝对权力主义者，绝对的绝对权力主义者，这取决于我如何感觉。对我来说，这似乎是自然的。

就像大多数伟大的诗人一样，如果我径直奔跑在我的轨道上，如果我是一个泛神论者，一个唯心论者，一个新教徒，一个天主教徒［……］，是通晓一切并能自我证明的任何事物，那我就值得被称为“异常的人”。没有人生下来就属于某种宗教或哲学体系——我们生来就拥有脑子和神经系统，它们拥有的方式是感觉，而不是宗教，审美，或某种道德。

你永远的，

阿尔瓦罗·德·坎波斯

11 给一位英国编辑的信

先生：

这封信的目的是咨询你是否有意出版葡萄牙“感觉主义者”的诗集。我知道你对这场新“运动”多么富于事业心，这鼓励我做出这次咨询……

可能用一封信的容量不很容易解释，这场运动为何被称为感觉主义。不过，我会尽力对它的性质给你一些解释；摘录我正在装入信封，那是感觉主义者的诗歌和部分诗歌的翻译，它可能会填补这个粗略的解释中不可避免的空白。

首先，至于起源。自诩感觉主义直接来自诸神，或只来自创造者的灵魂，而不受益于大批先驱者及其影响，这是无意义的。但是我们声称它像任何人类活动——知识分子或其他——一样是原创的。它确实代表——既是根本性的（在其玄学层面），也是形式上的（在表达革新方面）——一种新型的世界观，我们毫不犹豫地宣称。因为［我］(我不会说是它的创始人，因为这种话绝不可说）[至少主要] 对它负责，我把它归功于我自己，也归功于和我同类的罪人，他们在这件事上不再服从社会习俗绝对需要的谦让。

其次，至于起源；我们原创的细目将成为任何事物的第一元素，像对这场运动的完整解释。我们起源于三个以前的运动——法国“象征主义”，葡萄牙超验主义泛神论，以及未来主义、立体主义等临时表达其实是无意义、充满矛盾的混乱命名；不过，确切地说，我们起源于它们的精神，而不是文学。你了解法国象征主义，除了将作诗的浪漫自由贯彻到底以外，当然清楚实际上将浪漫的主观主义贯彻到底的意思。它是对感觉的一种极端仔细而病态的分析（为诗意的表达而综合）。它已是与我们相关的“感觉主义”，尽管不完善。依据这些精神状态，它没对准世界的焦点，对它的表达将与感觉的正常平衡不协调。

从法国象征主义，我们得出对感觉过分注意的基本态度，在生活最简单、最清醒的事情之前，随后我们频繁地应付厌倦、冷淡和拒绝。这并不描述我们所有人的特征，不过对感觉寻根究底的病态分析贯穿了整个运动。

现在，谈谈差异：我们完全拒绝象征主义诗人的宗教态度，除了偶尔出于纯粹的审美目的之外。上帝对我们已经变成了一个词语，它可以方便地被用于对神秘的暗示，但它并不服务于其他道德目的或相反——一种审美价值而别无其他。除此以外，我们拒绝并厌恶象征主义诗人的努力难以持久，他们不能写长诗，并且削弱了“结构”。

“葡萄牙超验主义泛神论”，你还不了解。这是可惜的，因为尽管这场运动存在的时间不长，[……]但它是原创的。假定英国浪漫主义——而不是倒退到丁尼生–罗塞蒂–布朗宁的水平——从雪莱以来一直进步，他已经将唯心主义的泛神论精神化了。你就会得出造化的观念（我们的超验主义泛神论本质上是造化的诗人），在那里肉与灵完全混合在某种超验之物里。如果你能想象把威廉·布莱克置于雪莱的灵魂，并用它写作，你也许会对我的意思有个大概的了解。这场运动已经产生了两首诗，我必定坚持认为它们是所有时代最伟大的。每首都不长。一首是《光之颂》，其作者格拉·容凯鲁[①]是所有葡萄牙诗人中最伟大的（1896年，当他出版《帕特里亚》时已经取代了卡蒙斯[②]第一的位置，这是一部抒情的讽刺剧，并不属于

① 容凯鲁（Junqueiro，1850—1923），葡萄牙诗人。

② 卡蒙斯（Camoens，1524？—1580），葡萄牙大诗人，著有《卢济塔尼亚人之歌》等。

他超验主义泛神论的时期）。这首《光的祈祷》可能是自华兹华斯伟大的《颂诗》以来最伟大的玄学诗成就。另一首诗，它当然超过了布朗宁的爱情诗《最后一次共同骑车》。在爱的感情方面，它达到了同样抽象的水平，不过具有更多虔诚的泛神论气息，是特谢拉·德·帕斯卡埃斯①的《哀歌》，他写于1905年。对这个流派的诗人，我们"感觉主义者"感谢［这样的方法］：在诗歌里精神与物质相互渗透彼此超越。我们已经将这个过程远远超越了发起人，不过遗憾的是，我们还不能宣称产生了超过我已提到的两首诗水平的任何作品。

至于我们从立体主义和未来主义拥抱的现代运动中得到的影响，［我们感激的］是从他们获得的建议，［而不］是他们作品的内容，恰当地说。

我们已经将他们的过程理智化了。他们意识到这个模式的分解（因为我们已被影响，并非通过他们的文学，如果他们有任何类似的文学的话，而是通过他们的绘画）我们已经进入我们认为合适的分解领域——并非事物，而是我们对事物的感觉。

---

① 帕斯卡埃斯（Pascoaes，1877—1952），葡萄牙诗人。1950年前，他曾五次被提名为诺贝尔文学奖候选人。

已经向你展示了我们的起源，并粗糙地介绍了我们对这些起源的运用以及与它们的差异，现在我会尽可能能表达得更明确，用少许话，［……］感觉主义的核心看法。

1. 生活的唯一真实是感觉。艺术的唯一真实是对［……］感觉的意识。

2. 在艺术中，没有哲学，没有伦理学，甚至没有美学，无论在生活中可能存在着什么。在艺术中，只有感觉和我们对它们的意识。无论什么样的爱，欢乐，痛苦，可能存在于生活里，在艺术中，它们只是感觉；就它们自身而言，它们不值得进入艺术。上帝是我们的一种感觉（因为观念即感觉）在艺术里只用于对某种感觉的表达，例如敬畏，神秘，等等。没有艺术家能相信或不信上帝。就像没有艺术家能感觉或不感觉爱、欢乐和痛苦一样。在他写作的时刻，他要么相信要么不信，按照那种最能使他获得意识的想法，对当时的感觉做出表达。一旦感觉运行，这些事情对他变得——作为艺术家——只不过是躯体，感觉的灵魂假定它变得可见于内在的眼睛，通过那种目光，他写下他的感觉。

3. 艺术的完整定义是对我们感觉的意识的悦耳表达；换句话说，我们的感觉必须被如此表达，以至于它们创造了一个客体，它对别人将成为一种感觉。艺术并非如培根所说的是“附加于造化的人”；它是被意识繁殖的感觉——繁殖，这一点要记好。

4. 艺术的三原则是（1）每种感觉都应被表达得充分；换句话说，对每种感觉的意识都应被筛选到底；（2）感觉应被如此表达，以至于它有可能召唤——作为一个环绕明确中心表象的光环——尽可能多的其他感觉；（3）因此被生成的整体应具有最可能相似于一种有组织的存在，因为这是富于活力的状态。我称这三原则为感觉、暗示和结构。这最后一个——希腊人的伟大原则，他们的大哲学家确实坚持让诗歌成为一个“动物”——遭到现代手法的粗心处理。浪漫主义不训练结构才能，这至少是低级古典主义所有的。莎士比亚，由于他在视觉组织整体方面的致命无能，在这方面已造成致命的影响（你会记得马休·阿诺德经典的本能引导他直觉于此）。弥尔顿仍然是诗歌的建筑大师，就个人而言，我承认我越来越倾向于把弥尔顿放在作为诗人的莎士比亚之上。但是我必须承认，在我是任何事物的限度内，我是个异教徒，因此，我宁愿陪着异教徒艺术家弥尔顿，而不愿陪着基督教艺术家莎士比亚。不过，所有这一切到处都有，我希望你会原谅它插入这个地方。

我有时坚持一首诗——我也会说一幅画，一个雕像，但我不考虑雕塑和绘画艺术，而只是工匠的作品——是一个人，一个活生生的人，对另一个世界来说属于身体的存在，是真正肉体的存在。我们的想象力把他，他的面貌投入这个世界，当我们在这个世界上读他，不再属于我们，而是现实之美的不完美阴影，它在别处是神圣的。我希望有一天，死去以后，在他们真正出场时我会遇到我创造出来的这些作品的极少数后代，我希望我会在清新的不朽里发现他们的美。你可能会奇怪一个自称异教徒的人会赞成这些想象。不过，我在上面两段中是个异教徒。当我写这封信时，我就不再是了。在这封信的末尾，我希望已经成为别的什么人。我将尽可能实施我宣讲的精神蜕变。如果我是连贯的，那只是一个来自不连贯的不连贯。[……]

1916 年

12 给马里内蒂的信[①]

我亲爱的马里内蒂：

由于政治原因，我未能更早给你写信，现在我已经几乎完全把它撇在了一边，还有强烈的性欲使我几乎没有时间履行其他责任，享受其他快乐。但无论如何，我在给你写信了。

我已熟悉你寄给我的那些宣言，因此我很感谢你。除此以外，我还读过博乔尼[②]关于未来主义绘画和雕塑的好书。因此对未来主义的风格我并非一无所知；在某种程度上，我甚至支持你。

然而，我认为未来主义应该进一步发展，舍弃它极端的排外主义。对我来说似乎你的历史观不太未来主义，你把你自己想象得太符合历史发展的规律了。在演变方面我们找不到一条有规律的上升线；相反，

① 马里内蒂（Marinetti，1878—1944），意大利作家，未来主义创始人。

② 博乔尼（Boccioni，1882—1916），意大利画家，雕塑家，未来主义的主将。

发展是以暴力而灾变的方式发生的，在发展中，收益只有通过根本的损失才能获得。所有这一切以一种令人眩晕的曲折方式发生：这样你将拥有历史上真正的未来主义。社会价值几乎是杂乱地分散在时空里。进步只通过某种事物的损失显示出来，该事物必须被重新生产，以致无限最终可以被建立。在无限——这是未来主义者最高的抱负——中，所有价值都应以尽可能使它们不受损失的方式实现。如果在演变中出现了损失，甚至通过明显的收益，让那些损失转瞬即逝吧。无限不能以任何别的方式出现，因为没有什么一定缺乏它。

现代文明，在战争之前孕育了未来主义，拥有至今尚不知晓的新元素。但是，另一方面，它不再拥有像它自身一样［……一度拥有的］重要的元素，或社会价值。有些事物已被获得，但是通过多种损失。现代文明已经获得了存在的新形态，却失去了其他形态。因此，未来需要对所有消失之物和仍然存在的一切进行最高的综合，以便促成无限，对无限来说，没有什么是可以缺少的，存在的单个方面也是不可或缺的。必须为生活的这种确定状态做准备，以便我们可以使自己永远不受任何限制。

无限，因为它是连续的，是个多样性的存在，因此由它确认的文明务必不能区分成几个民族，因为它必须是一个民族，全世界所有民族的完美综合。在这种综合里，没有什么必定失去；然后是存在的所有分散的状态——这是潜在的民族和个体，普遍印象的小世界——将在无限里共同统治，他们将彼此混合，而不失去任何一个。用这种方法，每个个体和民族都应尽可能地发展自身，可是它们的目的不应是个人的或民族主义的，因为它必须强化行动，以便在这个综合的无限时空体建立之前没有什么会失去，对这个无限时空体，没有什么是缺少的。如果一个民族被牺牲，那将意味着存在的多样形态将永远失去；由于这个原因，我用一种纯粹的极端民族主义行动寻求民族主义：综合是个［整体，其］中没有什么缺少。现在不仅在空间方面我们必须考虑不同的民族和文明，无限存在的几个分散的形态；我们还必须通过所有时代，穿越所有消失的历史考虑他们。许多事物已经消失了，它们必定再次出现，获得新生，成为无限：在无限的每个元素中，所有其他元素都被包括在内，因为无限是连续的，这是通过多样性的事实促成的纯粹整体。

如果现代文明有一种不可表达的精神，一种本质的空（真空），这是你“音乐厅感觉”的基础（本质），例如，中世纪知道如何出色地感受超自然的精神，这必定被制成再出现。然而在中世纪，这种精神是不完美的，因为它不充分。就像当它和空（真空）——这是我们文明的本质——的精神结合时将会不充分一样。无限的空，上帝的空：这是必须寻找的东西。通过这种超自然现象，星形的空，形式，存在的幻影，所有真和所有假，以一种极其曲折的方式，互相结合着滑入根本的眩晕。每一个都意味着所有他者，在自身中并作为自身创造它们，通过它充分的本性，我很快弄明白了；然后，每一个都曲折地通过他者并为了他者而存在。换句话说，它们都只是相对地存在，这些对那些。相对并非单纯的虚无，可是它始终有虚无的精神，它表达（贯穿它表达的事实）一种创造性的行动，一种万物有灵的行动（一种纯粹存在的行动），它在事物中证明自身（显示自身），在它们的想象中，在它们创造别的事物时，因此它只通过它们并为它们存在，总而言之，只和它们相关。这样，生活——是一种相对主义的幻影般的痛苦。在此只有犹豫不决，在此只有眩晕——用空虚和绝对浸透自身，这是纯粹的存在，纯粹创造性的万物有灵论，我将很快使它更明显。

这种星形的空，这种全然万物有灵的空的无限体，这种在眩晕（在迷宫式的眩晕）中的空的幻影，如崇高般可怕，成为生活的纯粹本质。它表达了绝对的创造力（它是在纯粹相对性中表达出来的绝对而无限的创造性行动）；它是纯粹而神圣的万物有灵论的创造，如此纯粹，以至于存在并非万物有灵的创造者，而是万物有灵论本身，纯粹抽象地。这是因为不再存在于这种万物有灵论中，在这种万物有灵论存在的纯粹行动中，我们有一种纯粹的空；正是这一点极大地净化了生活的本质，崇高得可怕，在眩晕中无限的空之幻影的那种本质。

如果我们在此拥有一种创造力，我们在此无疑拥有上帝的精神，死的圣灵（幽灵）是整个世界的本质！我谈到死，因为我们自然地把死想象成一种完全抽象的生活，充满了精神的黑暗，充满了一种万物有灵式的无限的空：万物有灵和空是真正适合死的事物。

因此，我愿意预告一种新宗教和新教派，这个和那个都具有一种明显的未来主义特征。在相对创造的纯粹精神里空的统治，所有犹豫不决的眩晕，形式幻影的纯粹滑行，每一个都消失在另一个中，以一种极其曲折的方式。以一种明显眩晕的方式，所有这些显而易见都是未来主义的。它是未来主义的光荣，宗教本身可以通过它的教义获得收益。

帕拉克雷什教派，它的创立者上帝命令我宣布，本质上是未来主义的教派！那么让我们举起血染的旗帜，反叛梵蒂冈腐烂的尸体！

像你一样，我谴责单纯的理性主义；不过我的观点是我们必须超越它。现在去超越它，因此达到无限，我们必须首先穿越它。单纯的直觉，更确切地说，对事物的单纯而直接的印象，是不够的。我们必须完全纯粹地认识，理解，感受事物的直接（内部）原因，以及它们是如何被引起（产生）的。未来主义在相对性中，也就是说，在被称为身体的超验主义中，寻找印象的创造性理由，这是正确的，但它只寻找它们物质的、外部的、表面的、经验主义的理由，而不是玄学的、内部的、深层的理由！只有感觉寻求那种理由，而事物的玄学理由被纯粹的思想以一种非常纯粹的感情发现。我可以预见你的反对意见：“但是思想本身我们绝对谴责。”我不赞成这个观点；我只希望思想可以超越自身，并达到眩晕的最高状态！你赞成思想的这一面（思想的近面）；我更喜欢它纯粹的另一面。

1917 年

13　关于感觉主义的笔记

什么都没有，没有现实，只有感觉。观念是感觉，但对事物的感觉未放置在空间里，有时甚至不在时间里。

逻辑，观念的放置，是另一种空间。

梦是只有两维的感觉。观念是只有一维的感觉。一行诗是一个观念。

（对一个坚固事物的）每种感觉都是被平面限制的坚固身体，这是（梦的本性——二维的）内在意象，将它们限制在诗行里（这些诗行是观念，只有一维）。感觉主义自称，观察这个真实的现实，在艺术里将现实分解成精神的几何元素。

艺术的终点只是增加人的自我意识。其标准迟早是全体（或多半）赞成的，因为那是它确实倾向于增加人的自我意识的证据。

我们对它们精神元素的分解与分析越多，我们的自我意识就增加得越多。随后，艺术有责任变得越来越自觉。在古典时期，艺术在三维感觉的水平上发展意识，即：艺术将自身运用于一个完美而清晰的现实幻象［被视为］可信的。因此，希腊人的这种精神态度——它对我们似乎如此奇怪——将这方面的一个观念引入一个极其抽象的领域，正如巴门尼德①的例子，他把一个高度抽象的宇宙的理想化观念描述为一个球体。

后基督艺术不断工作，为了创造一种两维艺术。

我们必须创造一种一维艺术。

这似乎是一种狭隘的艺术，在某种程度上它就是。

立体主义、未来主义和类似的流派是对基本上正确的直觉的错误运用。错误在于以下事实：他们试图解决在三维艺术的线条里怀疑的问题；他们基本的错误在于他们将感觉归于一种外在的现实，这实际上是它们所有的，但并非未来主义者或其他人相信的感觉。未来主义者是某种荒唐的人物，就像希腊人试图成为现代人和分析者。

1916 年

---

① 巴门尼德（Parmenides，约前 515—？），古希腊哲学家，代表作是《论自然》。

感觉主义不同于普通的文学潮流，因为它不独占，换句话说，它不声称自己垄断了正确的审美感情。确切地说，它不声称自己是潮流或运动，除非在某种限定的意义上，而只部分地是一种态度，部分地是对以前所有潮流的一种添加。

感觉主义的位置并不［像］浪漫主义、象征主义、未来主义和其他通常的文学运动，这是一个类似于宗教的位置，它无疑排除了其他宗教。它非常类似于通神学对所有宗教体系的处理。一个著名的事实是，通神学宣称自身并非宗教，而是构成所有类似宗教体系基础的根本真理。当然，按照严格的词义，通神学本身与宗教体系的那些部分是相反的，它们排除了其他体系，与宗教体系的那些部分也是相反的，对这种体系而言，它们似乎削弱了宗教的基本态度。因此，通神学，反对它只限于它反对天主教的范围内，它并不反对新教本身。那么它为什么不能接受永恒惩罚的理论呢，按照该观点，从崇拜上帝创世的意义上来说，它削弱了所有基础与真实的东西。

即使如此，感觉主义的位置与所有艺术运动都是相关的。它坚持所有或几乎所有运动（因为我们必定不允许“艺术运动”这个词适用于对每条蛇的普遍慷慨，它把头伸到别的蛇头上，在混乱的现代文学大水罐中）实质上是对的。斯宾诺莎[1]说哲学体系在它们肯定的事物里是对的，在它们否认的事物里是错的。这是所有泛神论声明中最伟大的，关系到美的事物时，也是感觉主义可以重复的。尽管最高完美（那是不可抵达的）只有一个，[……]相对完美还是有几个的。荷马在他的方法上是完美的，正如赫里克[2]在他的方法上是完美的一样，不过荷马的方法要好得多。感觉主义者乐于承认荷马和赫里克是伟大的艺术同行。

感觉主义有三个中心原则。第一个是艺术是最高建构，最伟大的艺术能够想象并创造有组织的整体，其中的零部件绝对适合它们的位置：这是亚里士多德[3]阐明的伟大原则，当时他说一首诗是一个“动物”。其次是，所有艺术均由部件组成，每个部件本身必须是完美的。正如第一个原则是整体和结构完美的经典原则，第[二个原则]是“好段落”的浪漫主义原则，[这足够促成]它们包含的真理，并排除造

---

① 斯宾诺莎（Spinoza，1632—1677），荷兰唯物主义哲学家。

② 赫里克（Herrick，1591—1674），英国诗人，牧师。

③ 亚里士多德（Aristotle，前384—前322），古希腊大哲学家。所引观点出自其《诗学》。

成这一切的错误，而不致力于更高的经典原则：整体大于部分。感觉主义的第三个原则，作为美学，是构成整体部件的极小片段本身应是完美的；这是被所有那些艺术家坚持到夸大的原则，其中部分是象征主义诗人，他们由于在气质上不能创造伟大的有组织的整体，甚至（像浪漫主义诗人一样）也不能创造大型动人的片段，只能把他们的活力投入制作优美独特诗行的蛋壳（果壳）里，或写短小精美的抒情诗。这确实美，但它的美给人留下一种危险的印象：那只不过是艺术的最低部分。

这是感觉主义作为艺术哲学的原则。换句话说，这些是它坚持接受所有体系和艺术流派的原则，从每种流派中提取有异于它的美和独创性。

在所有异教的光辉里，感觉主义代表审美态度。它不代表任何愚蠢的事情——奥斯卡·王尔德的唯美主义，或其他被误导却对生活充满俗见的人所谓的为艺术而艺术。它可以看出道德的可爱，就像它可以理解它们缺乏的美。对它而言，没有任何宗教是对的，也没有任何宗教是错的。

一个人可以在一天内穿越世界所有的宗教体系，凭借完美的诚意和悲剧的灵魂体验。他必须是个贵族——就我们使用这个词的意义而言——能够去做它。我曾说过一个有文化的聪明人有责任在正午成为无神论者，这时阳光清澈消耗万物，一个信奉教皇至上的天主教徒，在日落之后那个精确的时刻有责任成为无神论者，这时影子尚未完成对万物清晰存在的缓慢围绕。有些人认为这是笑话。但我只是快速地把一种普遍的个人经验转换为散文（这被写在一张报纸上）。使自己适应没有信仰，没有观念的状况，以免我的审美感情被削弱，除了有表现力以外，我很快变得毫无个性。我简直变成了一个表达心情的灵巧机器，心情变得如此紧张以至于它们成了习性，使我的灵魂纯粹成为它们偶尔出场的外壳，甚至通神学者说恶意的自然精灵有时会占领人被抛弃的星形尸体并在它们朦胧的表象（物体）掩盖下嬉戏。

这并不意味着每个感觉主义者都不应有政治观；它意味着，作为艺术家，他必定拥有全无和一切。马提雅尔①的那种辩解已经引起许多与艺术的本质——“我的写作是淫荡的，我的生活是纯洁的”——不相容的人的愤怒……尽管他的艺术不纯洁，他的生活并非如此（后来被赫里克写到自己时复述成，“他的缪斯是欢乐的，但他的生活是贞洁的”），这是艺术家对

① 马提雅尔（38 或 41—102 或 104），古罗马诗人，讽刺作家。

他自身的确切责任。

真诚是一种伟大的艺术犯罪。不诚实第二伟大。大艺术家对生活从不会有真正根本而真诚的观点。但应给他感受真诚的才能，而且，在某个长时段里，绝对真诚于任何事物——时间的长度，比方说，对一首诗被构思和完成是必要的。也许有必要指出，在尝试这一点之前成为一个艺术家是必要的。如果你是个天生的中产阶级或平民，却试图成为一个贵族，这是无用的。

1916 年

（二）艺术散论及其他[①]

1 随意的笔记与警句

（1）当我考虑到他的疯癫对疯子是多么真实与实在时，我不禁赞同普罗泰戈拉“人是万物的尺度”这句话的精髓。

（2）人是一种几乎存在的动物。

（3）没有标准。所有人对不存在的规则都是例外。

上帝与我们的区别必定不在于特性里，而在于我们存在的本性里。因为每件事物都是其所是，上帝必定不仅是他所是，而且是他所非。这使我们对他究竟是谁深感疑惑。

贵族是不服从的人，因为他的本性是不服从，甚至在他确信时，在他面对自我的本性时，他也会蜕化为不服从。这就是贵族往往——十分清醒而且真诚——理论上极其道德，实际上却完全腐化的原因。

① 本辑除前三篇外，其余原文均为英语。

……

完全贵族化＝无政府状态。个人主义有它的界限。有些人不能被个性化。

（4）生活是如此严肃的事情，它的问题如此重大，以至于无人有权大笑。每个大笑的人都是愚蠢的——至少暂时如此。幸福是愚蠢的健谈形式。

（5）罪恶在世界上无处不在，它的形式之一就是幸福。

我告诉你：行善。为什么？你能由此得到什么？虚无，你得到的是虚无。既非金钱，也非爱情，既非尊敬，或许也不是心灵的安宁。也许你得到的是虚无。那么我为什么说：行善？因为你由此一无所获。它值得为此这样做。

（6）上帝是上帝所开的最好玩笑。

（7）上帝是个经济的观念，在他的阴影下，所有宗教的牧师都在塑造他们理论上的官僚体制。（阿尔瓦罗·德·坎波斯）

（8）无论他们是否存在，我们都是诸神的奴隶。（贝尔纳多·索阿雷斯）

（9）纯粹的不可知论是不可能的。唯一真实的不可知论是无知，做一个不可知论者就是被局限于我们理解力的理性说服。但是一个观察者可以停止观察，一个有理性的人却不能停止思考。因此，当我们通过理性证明这种或那种能力的局限或非局限时，我们不会说，“让我们停在这里”，而是必须继续推理，为了推出那种局限或非局限的结论。这就是所有“不可知论者”所做的，有意识或无意识地。

（10）我怀疑，因此我思考。

（11）我并非良心有愧，而是意识有愧。

（12）我们都有未来主义的时刻，例如，当我们被石头绊倒时。

（13）在生活的剧院里，那些表演真诚的角色大体上是最可信的。

（14）对于一个知识分子而言，真诚是多么困难！就像一个有野心的人变诚实。

如果频繁手淫，“我”的增殖是常见的现象。

（15）像宇宙一样成为复数的！

（16）艺术是色情的最高形式，也是最微妙的形式。艺术家与大众之间的关系类似于性交中的男人与女人的关系。艺术创造是力量，统治的显示；艺术沉思是被动的快乐。

因此热情的美学家通常是变性者。这对于创造的美学家而言尤其真实，因为创造暗示的是一个人审美敏感的激增。由此它流入爱中。

（17）为艺术而艺术，事实上只是为艺术家而艺术。

（18）一个强大的艺术家不仅泯灭了自身的爱与同情，而且泯灭了爱与同情的种子。由于对人类的大爱，他变成了非人——这种爱促使他为世人创造艺术。

天才是上帝用来祝福人类的最伟大诅咒。它必须经历尽可能少的呻吟和哀号，必须经历尽可能伟大的神圣悲哀感。

2 詹姆斯·乔伊斯的艺术

詹姆斯·乔伊斯的艺术，像马拉美的艺术，是专注于方法，以及如何制作的艺术。甚至尤里西斯的好色也是一个中介的征兆。它是引起幻觉的谵妄——这需要精神病医生治疗——作为一种自身的终结出现。

3 抒情诗的级别

抒情诗的第一级别是，具有强烈情感气质的诗人，在诗中不由自主或深思熟虑地表达该气质和那些情感。这是最常见的抒情诗人类型；而且，这是最不被看重的类型。感情的强度通常源于气质的整体。所以这类抒情诗人通常是单调的，他的诗围绕的通常是少量的固定情感。因此，这类诗人的寻常称谓——正如前人合乎情理的提法——一种是“爱情诗人”，另一种是“怀旧诗人”，第三种是“忧郁诗人”。

抒情诗的第二级别是，更富于理智或想象力的，甚至只是更有教养的诗人，在诗中不再表达简单的情感或它们的极限，这就有别于第一级别的诗人。他还将是一个典型的抒情诗人，就这个词的一般意义而言，但不会是一个单调的诗人。

抒情诗人的第三级别是，依然更富于理智，开始非个性化，不只是因为他感受，而是因为他以为他感受——感受他并不真正拥有的灵魂状态，只因为他理解它们。我们处于戏剧诗最隐秘的本质的门槛。即使如此，诗人的气质已被他的智力溶解。他的作品将完全统一于风格：其精神整体的那种极端简约与他自身共存。因此，丁尼生既写了《尤利西斯》，又写了《夏洛特女子》，布朗宁更是如此，写了他所谓的“戏剧诗”，并非对话，而是独白，揭示各种各样的灵魂，对它们诗人不认同或假装认同，甚至常常不想认同。

抒情诗的第四级别，更稀有，在诗中，诗人依然更富于理智，但同样富于想象力，完全处于人格解体状态。他不仅感受而且经历他未直接拥有的灵魂状态。在大量情况下，他会陷入戏剧诗，确切地说，如莎士比亚所做的，一位抒情诗人基本上提升到戏剧的层面，通过他获得的人格解体的惊人水准。在这种或那种情况下，他将继续是一位抒情诗人，无论多么富于戏剧性。布朗宁同样如此（如上所述）。这样一来，不仅风格阐明了人的整体；也只有风格的明智可以显示它。因此，在莎士比亚作品里，意外的著名警句，表达的精妙与复杂，是使哈姆莱特的台词接近于李尔王，福斯塔夫，麦克白夫人台词的唯一之处。同样布朗宁在《男人与女人》和《戏剧诗》中做得更彻底。

然而，让我们假设诗人总是回避戏剧诗，表面上如此，却在人格解体的梯子上升了一级。灵魂的某种状态，思想并非感受——而是富于想象力因此如亲身经历般地感受——将让他逐渐描绘出一个他能真诚感受的虚构角色……

1930 年

4　现代诗歌的任务

现代诗歌的领域对我来说似乎是双重的，我们要考虑其题材，或塑造题材的形式。

扩展感受力，使其复杂化、理智化，尽可能完整地成为宇宙、生活和心灵等所有力量的共鸣器[①]，这是每位现代诗人的任务。他灵感的宫殿应在四面墙上开窗，无论是朝向神秘主义的北方，简朴主义的东方，颓废主义的西方，还是活力不断增长的南方。

之所以应该这样，有三个理由。我们置身于这样一个时代，对于由基督教倾向创生的最初主体性来说，已加入了文艺复兴时期的异教冲动，十九世纪的个人主义，以及因商业与工业的发展而强加于二十世纪的逆流和膨胀的力量。

除此以外，我们置身于这样一个时代，文明不仅因此比别的时代更深入灵魂，而且在全世界扩展开

---

① 共鸣器（résonateur），原文为法语。

来：我们是第一个真正世界性的文明，为这个世界所目睹。由于通讯与交往工具的不断增加，工具如今已深入精神和心灵，这种交往造成的结果是，使地球上分布如此松散的国家和民族之间的联系达到了令人吃惊的程度。如今，整个世界都是欧式的，澳大利亚比大多数欧洲村镇还欧洲化。铁路、轮船、电报、无线电的发明已经将它们线路的影子铺进我们的心里。心灵感应在世界的所有民族中间兴起；我们成为感觉公济会的公开会员，其象征是电。

在伦敦的任何一条街道上，你都能迎面遇到整个世界。

而且，不仅如此，不但通讯工具使世界变小，整个地球成了一个大城市，魔鬼之地上的上帝之城①，而且文化与求知欲的增长，学术研究的累积，已将所有过去的时代塞进现代人的意识。到目前为止，聚集在古代文明这个风神的洞穴里的无名气息已被释放到世界上。埃及人的和迦勒底人的，古老中国人的和秘鲁被埋葬的祖先的那些死去的荣耀，以及某些不朽的传统，纷纷呈现于我们的精神视野里，好像来自遥远的地平线那端，令我们目不暇接。所有这些事物，冲击

---

① 上帝之城（Civitas Dei），原文为拉丁语。

着我们的感觉，必定把它拓宽，让它复杂，并使之相互批评。限制自己接受这些的人无异于走进了自身的修道院，与这个信息激增的时代自我隔绝起来。

只有一位诗人，瓦尔特·惠特曼，面对这个被放大了的世界，以他足够强大的感受力拥抱内心的冷漠时刻。但他缺乏如下元素：应该控制对事物的过量感受，并把它概括成整体［它适宜的整体］，其中任何事物都有加强其效果的特征。

通过这些考虑，我们达成当今诗歌的另一个元素，形式的元素。

当我们处理生活时，这种被称为平衡或均衡的现象根本不能得到比钟摆的摆动更好的表现——因为生活是动态的，不是静止的，不能被比成一个完全安静的身体。在这种摆动中，很重要的事情，也很自然的事情是，它应朝一个方向摆得足够远，就像朝相反的方向摆得足够远一样。因此，只有通过提高抑制与自控的能力，敏感性的提升与感受力的增强才能得到纠正、平衡和统一。既然以时间和空间为环境的敏感性不得不比希腊人丰富得多，这就必定接受比希腊人更强的智力控制，而希腊人的智力是很强的。引导我们走向未来的骏马在不断加快步伐，必须把操纵它的缰绳握得更紧些，以保持平衡。如果我们被拖着走，就让我们被自己拖着走。

基督教文明的最大祸害是，在不断催生精神的消极因素时，它还随之侵蚀了精神的活力——我们的感觉和分析能力并未伴随思考和综合能力而获得同步增长。这不是生长，只不过是增加。它不是发展，而是衰落。一切基督教文明，当它摆脱野蛮状态，就立刻跳入堕落之路。淳朴的本性毫不费力地被破坏了。

莎士比亚这个怪异现象是基督教文明典型的智力结晶。这个世界上最敏感的人不能自律和自控，不能创造一个有秩序的整体。最伟大的诗人在古代也是最伟大的艺术家。现代最伟大的诗人却很少是艺术家。

……

5　莎士比亚

基督教徒对生活态度的基本缺陷可以在这位最伟大的诗人身上看到，它创造了自身的典型。从纯粹的艺术观点来看，莎士比亚的剧本和诗歌是人世所能看到的最伟大失败。从未有那么多元素聚集在一个人的头脑中，像聚集在莎士比亚的头脑中那样。他在所有形式（除了一种）上都拥有抒情的天赋，在某种程度上从未被超越；他拥有对人性的广泛理解以及对角色的直觉把握，在某种程度上从未被超越；他拥有措辞和表达的艺术，在某种程度上从未被超越。但他缺乏一种东西：平衡，健全，训练。他进入的心态迥然不同于爱丽尔的抽象精神与福斯塔夫的粗鄙人性，这种事实在某种程度上确实从他的不平衡中创造了平衡。但说到底它是不健全的，也是不平衡的。不能结构，发展，权衡一个事物和另一个事物，他站在我们前面，作为基督徒缺陷的典范。

如果把他和弥尔顿相比，这种缺陷会变得更显眼。莎士比亚缺乏比例感，整体感，缺乏发展感和互动感，这是不寻常的，正如它们碰巧属于基督徒诗人这个事实是平常的一样。

我们的文明，如此丰富而复杂，已经产生了非凡的抒情诗，在范围、深度、理解力和精妙方面是空前的。只是在诗歌和文学建设方面尚未产生至高的成就。

6 关于奥斯卡·王尔德

当然，最重要的事实是，奥斯卡·王尔德并非艺术家。他是另一种人：这种人被称为“知识分子”。很容易找到这方面的证据，无论这种断言可能显得多么奇怪。

不容置疑的一个事实是，王尔德最关注的是美，很可能，他是美的奴隶，而不只是美的情人。这种美尤其具有一种装饰性特征；实际上，除了装饰性，它几乎不能被说成具有任何特性。甚至他渴望或赞赏的道德或理智的美也带有一种装饰性特征。(……）思想，感情，癖好——这些只有在被借用于他精神生活的装饰与装潢时对他才是有价值的。

……

如今，关于他风格的奇怪事实是它本身，作为风格，很少被装饰。他没有好的措词。除了在智性上哗众取宠之外，他很少写出一个在美学上堪称伟大的措词。他文中充满了哗众取宠的用语，那种下等人称为反话和俏皮话的东西。但诗人的“精致词语”，恰当的诗意措词，在他的作品里明显缺乏。这种词语济慈常常使用，雪莱时常写出，莎士比亚精通“格言的风格”，一个人借此使自己成为诗人和艺术家，而不只是作为一名艺术的旁观者——这是他缺乏的，而且他缺乏到了这样的程度：既显而易见又无迹可寻。说它显而易见，是因为他纯粹智性的措词如此快活而泛滥，以至于纯粹艺术性的措词在对比中的缺乏非常明显，说它不显著，是因为由那种连续的智性惊喜引发的单纯快乐具有一种诱使我们相信我们正在阅读艺术性措词的力量。

他喜欢对美的装饰性事物进行长长的描述，例如，在《道林·格雷》中有长达数页 [的这种描述]。不过，他不是借助可以将它们活生生地置于我们眼前的措词召唤那些美丽的事物；他将它们并列起来，充满风情地描述。他描述得充分，但无艺术性。

他对词语的单旋律的运用格外笨拙和低级。他喜欢这道工序，但从未做得恰到好处。他喜欢奇美事物的奇异名字，以及国土和城市的丰富多彩的名字，但它们一经他的手就变成了僵尸。他写不出“从丝绸般的撒马尔罕到雪松遍地的黎巴嫩”，济慈的这行诗，尽管并无令人非常吃惊的表达，但仍在王尔德成就的水平之上。

……

王尔德关于装饰的观点恰恰可以解释他这种弱点。酷爱装饰美通常使人丧失体验人们精神生活的能力，除非，像济慈，这位诗人热爱自然，与热爱装饰相当。在艺术里培育的正是自然和不事修饰。用词语来说，一幅画的最好描述者——他最好是能对一幅画作进行“一种艺术移植”的人，把它重建于词语的更高生命里，以便对它的美毫不改变，而不是重造它，使它更华丽——这位最好的描述者通常是这样一个人：他首先是用慧眼观察自然的人。如果仅限于图画，他就永远也不能完好地描述一幅画。济慈的例子就是这样。通过对自然的研究，我们学会观察；通过对艺术的研究，我们只能学会欣赏。

在艺术视觉中，一定存在着某种科学而精确——一种严格而科学意义上的精确——的东西，只要它可以称得上艺术视觉。

……

在所有那些俗气而浅薄的艺术投机分子中，他们的大量滋生标志着现代社会的负面特征，他是最伟大的人物之一，因为他忠于谎言。在一个没有什么是真实的时代里，他的态度是真实的；而它的真实，正是因为有意识地不真实。

他的姿态是有意识的，而簇拥在他周围的一切却是无意识的姿态。因此他具有观念的优势。他是有代表性的：他是有意识的。

所有现代艺术都是不道德的，因为所有现代艺术都是散漫无自律的。王尔德是有意识地不道德，所以他有智力的优势。

他借助理论解释所谓现代艺术的一切，纵然他的理论有时动摇和变化，他确实是有代表性的，因为所有现代理论都是杂烩与拼盘，由于现代心智太消极了，不能做大事。

……

我们的时代在其深刻时也是肤浅的，在信念坚定时也是见异思迁的……我们是伊丽莎白一世时代的人的对立面。他们即使在肤浅时也是深刻的；我们即使在深刻时也是肤浅的。推理能力不足，使我们的思想流产。不能坚持目标，令我们的计划夭折……

说起来这是悲哀的事，但没有哪类人比手淫者更能象征现代人。互不连贯，漫无目的，不合逻辑，……一种失败感和对生活的狂热冲动的交替……

王尔德正是这样的典型。他是一个不属于他的信念的人。如果他是上帝，他将是一位无神论者……

他以为他的观点是巧妙风雅的，而不是正确公平的。这是那个时代精神疲倦的典型；这是手淫者的快乐。这种思考的快乐却导致忘记思想的所有目的。

他不知道什么值得以诚相待。读者能想象这一点吗？

他是一个姿态，而不是一个人。

7　关于素体诗与《失乐园》

所谓的素体诗，是一种极端枯燥的写作形式。只有最敏锐的韵律官能才能避免单调，但它并不能长时间地避免单调。完美的诗可用素体诗写成，换句话说，那些可让人凭兴趣与专注阅读的诗，将会完成并使人满意；但它们必须是短的——《提托诺斯》，或《尤里西斯》或《俄诺涅》[①]，等等。在不短，或不够短时，它们只能凭强烈的兴趣支撑下去，除了在戏剧中，要在素体诗的荒漠里维持强烈的兴趣是很难的。对不值一读的叙事诗来说，素体诗是理想的形式。穷尽弥尔顿所有的韵律学——它是极其卓越的——仍不能避免使《失乐园》成为一首枯燥的诗，它是枯燥的，我们切不可否认这一点向我们的灵魂撒谎。(……)

在弥尔顿的诗中，几乎没有行动，确切地说，几

---

① 均为丁尼生作品。

乎没有快速的行动，思想都是神学的，换句话说，是某种不关心人类普适性的玄学特有的。

事实是，叙事诗是一种希腊-罗马的遗物，或差不多就是这样的。

只有散文，可以放松审美感，并让它得以休息，从而能将注意力自动地持续到版面的大片空间。就词汇而论，《匹克威克外传》比《失乐园》量更大；从价值来看，它当然要差些；但我阅读《匹克威克外传》的次数比我数出来的还多，而《失乐园》我只读过一次半，因为我没有读完第二次。上帝用糟糕的玄学压垮了我，我确实该死。

8　查尔斯·狄更斯——《匹克威克外传》

匹克威克先生属于世界历史上的神圣人物。请不要声称他从不存在；这同样适用于大多数世界历史上的神圣人物，对于大量被安慰的不幸人来说，他们一直是活的存在。因此，如果一个神秘主义者宣称基督是个私交，并清晰地看到了他，一个常人便可以宣称匹克威克先生是个私交，并清晰地看到了他。

匹克威克，萨姆·维勒，迪克·斯威勒——他们已经成为我们幸福时光的私交，由于某种诡计，失去了时间不可测量与空间不可包罗的东西，也不可挽回地失去了他们。他们以一种比死亡更神圣的方式从我们身边流逝了，而我们以一种比记忆更好的形式保持着对他们的怀念。人类时空间的三重网并不把他们和我们捆绑在一起，他们并不效忠于时代的逻辑，也不效忠于生活的法则，也不效忠于时运的来临。我们心中的花园——他们在那里过着与世隔绝的生活——汇聚着使人类多识，并乐于与之生活在一起的万物的花朵：兄弟一堂的午餐后的时光，我们一起结伴外出的冬日清晨，节日宴会上，我们不完美的喧闹声——生物学真理，政治现实，诚挚，努力认识，为艺术而艺术——回响在白雪覆盖的山峦不存在的另一边。

阅读狄更斯会获得一种神秘的印象，尽管他常常宣称要做基督徒，却和这个世界的基督徒形象没有任何关系。这是一次古老异教喧响的重演，古老的酒神庆典，为属于我们的这个尽管短暂的世界，为人的共存与圆满，为人类永恒的相遇与伤别。

这是一个男人的世界，因此女人在其中不具有重要性，如古老异教标准所说，并确实这样说。狄更斯作品中的女人是纸板箱和锯末，在从梦的空间驶来的航程中将他的男人装箱送给我们。生活的快乐和趣味并不包括女人，而古老的希腊人，他们创造了鸡奸，作为一种快乐的社会制度，认识这一点极其彻底。

……

他将漫画手法提升为一种高级艺术，使非现实成为现实的一种模式。匹克威克先生比我们的熟人更致密可感；他不只是属于隔壁的邻居，比几十个活生生的人更真实，就像三位一体［……］。

……

当醒着的手摇晃我们的肩膀或诸神本身稀少成一

个谎言时，命运必定会在某个地方向那些和匹克威克谈心的人许诺一个天堂，即使不和基督谈，也会信任那两个维勒[①]，即使不信任那三个人。他们会远离天堂的欢乐和牧师的地狱之痛，过一种隐退的生活，不忘记那个独眼的推销员，甚至不太鄙视鲍勃·索耶先生的脏领带后面没穿衬衣。

快乐事物的命运是它们从不存在，悲哀事物的命运是它们也消失了。但事物只存活在它们创造的姿势里——他们雅典的永恒……一种酒神的永恒，一种充满活力与光辉的感觉，一种常态的质变。

---

① 即匹克威克先生的男仆和他的父亲。

9　翻译的艺术

我不知道是否有人写过翻译的历史，这应该是一本冗长却很有趣的书。像抄袭的历史——另一本有待现实中的作者来写的可能的杰作——它将充满文学的经验。有一种理由，可以使一件事物造就另一件事物：翻译是唯一以作者的名义进行的抄袭。模仿的历史将完成这个系列。因为翻译是用另一种语言进行的郑重其事的模仿。出色模仿的心理轨迹与称职翻译的心理轨迹完全相同。在这两种情况下，都存在着一种对原作者精神的调整，以达到原作者并没有的目的。一种情况下，目的是幽默，而作者是严肃的；另一种情况下，目的是某种语言，而作者写的是另一种语言。哪天会有人把一首幽默的诗模仿成严肃的诗吗?这可说不定。但无可置疑的是，许多诗——甚至许多伟大的诗——将会因被译成它们原本使用的那种语言而获益。

这就提出了以下问题：起作用的是艺术，还是那个艺术家，个体还是那部作品。如果是最终结果在起作用，那将使人快乐，那么，我们就有理由将一位著名诗人的近乎完美的诗歌拿来，在另一个时代的批评的烛照下，通过删除、替换，或添加使它完美。华兹华斯的《不朽颂》是一首伟大的诗，但它离一首完美的诗还很远，它可以被修改得更好。

翻译的唯一乐趣是当它们变得困难时，也就是说，或从一种语言译成另一种迥然不同的语言，或把一首很复杂的诗，译成一种紧密同源的语言。比如说，在西班牙语与葡萄牙语之间进行翻译是没有乐趣的。任何一个能读其中一种语言的人自然会读另一种，因此翻译似乎也是无用的，但把莎士比亚译成一种拉丁语将是令人振奋的艰巨工作。我不能确定它能否被译成法语；把它译成意大利语或西班牙语将是困难的；葡萄牙语，是罗曼语系中最柔韧而复杂的，可能经得起这种翻译。

10 译诗的艺术

一首诗是一种理智化的印象，或一种观念生成的情绪，通过韵律传达给他人。这种韵律两面一体，就像同一个拱的凹面和凸面；它由那些……［本质上与它相符的］词语或音乐的韵律、视觉或意象的韵律组成。

因此一首诗的翻译应与原作绝对［相符］的是：（1）组成诗歌的观念或情感，（2）用来表达观念或感情的词语韵律；它应相对符合原作内心或视觉的韵律，尽可能保持意象本身，但总能保持意象的类型。

正是按照这个标准，我将坡的《安娜贝尔·李》和《尤娜路姆》译成了葡萄牙语，我译它们，并非因为它们固有的巨大价值，而是因为它们对译者是一种长期有效的挑战。

11　天才与时代

从理论上，天才是稀释精神错乱造成的精神健全，像毒药混合其他物质变成了良药。严格说来，其产物是抽象的新奇——换句话说，此种新奇实际上符合人类智力的一般规律，而不符合精神病的特殊规律。天才的实质是不适应环境；因此天才（除非被才能或机智陪伴）通常在他的环境中不被理解；我说"通常"而非"统统"，因为这很大程度上取决于当时的环境。在古希腊和现代欧洲或现代世界，成为一个天才并非同样的事。

莎士比亚在他的时代不被认为是一个天才，因为本·琼森[①]在他死后才做出的高声赞美只不过是那个时代高声的话语风格，缺乏意义，这种话语风格还被同一个琼森用于今人一无所知的人物——［例如］蒙提格尔勋爵，对此人，他说他在那个时代（堪称）

① 本·琼森（Ben Jonson，约 1572—1637），英国诗人，剧作家，评论家。

“绝世才子”，当时大约正是詹姆斯一世时代。

莎士比亚在他的时代被誉为一个智者，而不是一位天才人物。他怎么能被誉为一位天才人物呢？是福斯塔夫的创造者可以被理解；哈姆莱特的创造者却不被理解。如果反斯特拉福德派花些气力注意到这一点，把给予他的赞美和给予琼森或他们时代其他人的赞美所做的许多荒唐比较就可能不会发生了。

莎士比亚是伟大天才和伟大智者的典范，他的才能配不上他的天才。他在构成天才的直觉与构成机智的快速奇异方面是至高无上的，正如他在结构与协调方面缺乏才能一样。

12 艺术与观念

是观念，迥异于意图，造就了不朽——观念作为形式而不是作为内容。在艺术中，一切都是形式，一切都包含观念。一首诗是否包含唯物主义或唯心主义观念对后世的判断是无关紧要的；问题在于这些观念是否崇高，与它们的形式是否适合——甚至包括它们的精神形式和抽象形式。

这似乎是做宣传并不伤害艺术，只要还有艺术。实质上，它确实不伤害，但是，它可能并非如此——需要艺术家在艺术中忘记宣传，警惕他自身的目的和意图。很可能《神曲》试图成为天主教的宣传品——在天主教时代，这是相当徒劳的事情；然而但丁，当他写这部作品时，忘记了关于宣传的一切，只管写诗。宣传并未伤害诗歌，只是因为它并未进入作品。结果，三分之一的但丁批评者认为《神曲》是异端，其中许多人［认为这］是有意为之。如果这首诗可以被认为是天主教的和反天主教的，这种宣传当然不很有效。这同样适用于在时代的书架[即：由那个时代决定的]上排列在《神曲》旁边类似的或不同的诗。弥尔顿的写作目的是证明上帝待人之道是合理的，他的诗包含两个英雄——反叛上帝的撒旦和被上帝惩罚的亚当。[弥尔顿]已经证明了人类对待上帝之道是合理的。[作为]一首史诗，他的诗被建成一种基督教形式，结果，作者是个阿里乌斯派信徒，他的基督教形式是基督教的缺席。(他将一切置入他的基督教史诗里，连同他广博的学问以及学习的经验；唯一漏掉的是基督。)读完《失乐园》后，谁可曾感到基督教?

13　道德与艺术

不道德艺术的问题是这样的，它总是突然发生，暂时集中在一部作品或另一部作品上，此类作品将卷入该问题的暧昧原则置于公众的关注中。

……我们将处理这个问题，因为［它］……关系到……文学。关于这个问题在文学中可接受的唯一分类……［包括］正常的文学作品与纯粹的淫秽作品。淫秽作品，可以说，是淫秽照片的文字对应物，在淫秽照片里唯一可能的正当理由是淫秽，这显然属于一个不同的类型，而非文学作品，其中要么是淫秽的元素被叠加在文学的基础上，要么就是和它的艺术内容紧密交织在一起。在这种情况下，如果当局要干预这个问题，他们不得不首先在一种可感知的审美基础上进行。

这个难题，像所有难题一样，是程度的问题。有明显只是淫秽根本算不上文学的作品，例如我们刚刚提到的那些小册子，它们以书面形式对应着淫秽照片，我们也引用它们［作为一种］类比。另一极端，有诸如《维纳斯和阿多尼斯》[①]这样的作品，像许多经典诗和散文作品一样；难度最大的是，有时我们遇到价值极高的艺术作品，它们不仅不道德，而且对某种不道德坦率地辩解。

不能声称所包含的艺术元素免除并根除了作品的不道德。在这两类读者群中，低级读者看不到艺术元素，只能领略艺术作品中包含的那些不道德元素的意义。读者群的另一部分，这部分读者对艺术感染力反应灵敏，因此能够在两种元素之间进行区分，假定我们正在讨论的这种艺术作品包括这两种元素，谈到效果，与另一类读者群相距并不太远；因为，如果这部作品艺术价值确实高超，不道德元素并非因此和它的内容无关，而是和它不可分割地缠绕在一起。这些不道德的因素使它更加杰出，这是因为通过艺术的表达方式，它们获得了强度、优美和热情。

《维纳斯和阿多尼斯》很可能激发一个无力受教者的性欲；但它兴许更可能激发一个受过高等教育或极度敏感的人的性欲。正是该作的艺术优越性确保了这种效果。“对纯洁的人来说一切都是纯洁的”，这条

---

① 莎士比亚的长篇叙事诗。

规律是纯洁的烟花；没有什么是“纯洁的”。

如果我们希望禁止出售不道德的艺术，若不同时禁止艺术，我们便做不到这一点。问题是极其困难的，当我们不得不考虑非极端作品时，换句话说，从艺术的立场来看，那些作品并非明显上乘，但……也不是纯粹的淫秽，至多是淫秽之作。当我们处在莎士比亚的水平时，我们多少都会赞同禁止不道德文学的流通无异于暴力。当我们处在与淫秽照片相应的文学水平时，只有兜售淫秽照片的商贩才不会同意禁止它。然而当我们［……处在］通俗小说家的水平时，这个问题变得很难。在一定程度上，达到霍尔·凯恩先生或玛丽·科雷利小姐文学标准的著作才是文学作品；不过它们［并非持久的］文学作品——尽管实际上会有那么三五个人可能声称他们达到了上等水准。如果这种著作传达了淫秽或不道德，该如何对待它们？

核心事实是问题的关键不在这里，对它的解决陷入不可能，除非我们决定确保对公众进行某种分类，在随便什么观点强行介入讨论之前，必须考虑这一点。

对于未受教育与受教育的读者之间的重要差异，比方说，读《维纳斯和阿多尼斯》时，尽管受教育者和未受教育者读这本书时很可能官能激动到同样的程度，后来的影响却不同；当然，特别情况和病态人士不予考虑。读完《维纳斯和阿多尼斯》以后不久，未受教育的读者尚未厌倦，而是对其中的性描写保持兴趣，处于吸引它的那部分影响下，那是性爱的部分。而受教育的读者，对作品的短暂兴奋一旦消失，相反地处于艺术元素的影响下。

有待确立的第二种差异是在成人与非成人公众之间。成人被认为是一个能为自己谋生的人，而孩子却不能。因此，在这个领域，问题变得简单：阅读不道德作品，无论它们是哪一种，都应该对孩子禁止，但对成人放开。

在成人中，差异如下：受教育的成人读者与未受教育的成人读者，在某种程度上，后者处于孩子的位置上。那么，如果禁止在某种程度上被决定，它应该只限于公众中的未受教育者。至于它如何产生效果，这个问题很次要，而且可以用几种方式获得大致的解决。

1914 年

14　艺术家与情感

只要是诗人就很清楚，为一个非常喜欢他的女人写一首好诗比为他深爱的一个女人写一首好诗容易得多（如果好诗存在于男人的能力之内的话）。最好的那类爱情诗通常写的是一个抽象的女人。

强烈的情感很自私；它吸取精神的全部血气为己用，以致血液淤塞使双手冰冷，无法写作。三类情感造就伟大的诗歌——强烈但迅疾的情感，它们一旦出现就会被艺术捕获，但并非在它们流逝之前；沉淀在长久以后的回忆中的强烈而深沉的情感；虚假的情感，换句话说，在理智中感到的情感。这并非不诚实，而是一种经过转化的诚实，是所有艺术的基础。

要想为他国家的皇帝和民族的历史打赢一场战争的大将军不希望——他不能希望——让他的许多士兵被杀戮。然而，一旦他进入对战略的沉思，他会选择（根本不考虑他的士兵）更好的出击，尽管这会使他失去十万士兵，而不是更坏甚至……更缓慢的行动，这会使与之并肩作战、为之浴血奋战而且通常是他所爱的那些士兵的十分之九得以保存。出于对他同胞的情感，他成为一位艺术家。为了他们战略的目的，他毁掉了他的同胞。

他（艺术家）可以不感性，但他必须理智。

艺术是通过表达完成的感觉（感情）的理智化。这种理智化是在表达本身中，并借助和通过表达本身实现的。因此大艺术家——甚至文学中的大艺术家，艺术的最理智者——通常是非感性的人。

希腊的智性与现代的感性。希腊的智性：即使我们认为希腊智性并不意味着永恒的智性，希腊人的思想训练仍然是所有艺术的科学基础。现代的感性：我们不能残害我们的情感以讨人喜欢。

但我们的训练，尽管在性质上与希腊人相当，在数量上却与希腊人有别。我们的感性错综复杂，古人甚至不能梦到；因此我们的感性训练必须包含总量更高的智力运用。

希腊人的感觉可能更深或更强或更野，但他们总是理性地感觉。他们的情感天生理智，甚至他们生来激烈狂暴也是如此。不仅我们不能获得那种性质，而且我们不必获得；因为，如果我们有希腊人的智力和希腊人的感觉，我们将成为古希腊人，而不是现代欧洲人了。

1915 年

15 批评的无用

好作品总会引起关注，如果把这句话用于真正的好作品，以及［如果］用“引起关注”来指在其时代获得认可的话，那它就是一个毫无价值的认定。在通向未来的途中，好作品总会引起关注，这是真实的；二流的好作品总是在其产生的时代就引起关注，这也是真实的。

那么该如何评判一个批评家？什么素质能造就一个能胜任而非临时的批评家？对以往艺术或文学的全部知识，由那种知识陶冶出来的鉴赏力，以及公正而明智的精神。不满足这些条件的任何情形对批评能力的真正运用来说都是致命的。超越这些条件的任何情形就已经获得创造性精神，因此是个性的；而个性意味着自我中心，以及必然不能客观地看待他人的作品。

然而，能胜任的批评家如何胜任？让我们假设一部深刻独创的艺术作品来到他眼前。他如何判断它？

通过和以往的艺术作品进行比较。然而，如果它是原创的，它在某些方面就会背离传统——而且愈是独创，就会和以往的作品相去愈远。只要他这样做，批评家就会发现与他心中已经建立的审美标准不符。如果其独创性，不是存在于和那些古老标准的背离中，而是把它们使用在更严格的建设性诗行里——就像弥尔顿运用古代典籍——批评家会把这种改善视为一种创新，还是运用那些标准把它视为一种模仿？他会宁愿看到建筑师却不愿看到建筑材料的使用者？为什么他宁愿做一件事而不愿做一件更好的事呢？在所有元素中，创造性是作品中最难判定的……旧有元素的一种融合——批评家会看到元素……的这种融合吗？

谁能说服自己：如果《失乐园》，或《哈姆莱特》，或莎士比亚与弥尔顿的十四行诗今天出版，它们会被认为价值高于吉普林先生的诗，或诺伊斯先生的诗，或其他类似的普通绅士的诗？如果谁说服自己这一点，他就是个傻瓜。这种说法显得唐突，并不悦耳，但它只想成为真话。

我们到处听见这个时代需要大诗人的呼声。所有现代功业核心处的那个空洞是一件可以感到却难以说出的事情。如果这位大诗人出现了，谁会注意到他？谁能说他还没有出现？读者大众在报纸上看到的那些著作出版预告，其作者不是靠他们的影响和友谊关系已使自己出名，就是其二流地位已［被］一伙人接受。大诗人可能已经出现了；他的作品将会在一篇批评论文的文献综述里被提到：那少得可怜的几个字是“即将出版”。

16　我是一个由哲学驱动的诗人

我是一个由哲学驱动的诗人，并非一个具有诗歌才能的哲学家。我喜欢赞赏万物之美，喜欢在极细微的事物中，在极其微渺的事物中，追寻宇宙诗意灵魂的踪迹。

……

诗在万物之中——在地心，在海里，在湖中，在河畔。它也在城市里——别否认这一点——当我坐在这里时，它就在我眼前：诗在这张桌子里，在这页纸里，在这个墨水台里；诗在驶过街道的车辆的嘎嘎声里，在一个工人每时每刻寻常而可笑的动作里，他正［在］街对面，漆着一家肉铺的招牌。

我的内心感觉胜过我的五种感觉，这使我今生用一种不同于他人的方式看待事物，我确实相信它。对我来说，丰富的意义为我存在——曾经存在——于一件像门钥匙，墙上的钉子，猫的细须那样可笑的事物里。对我来说，圆满的精神暗示存在于带领小鸡大摇大摆地横过马路的一只鸡身上。对我来说，一种比人类的恐惧更深的意义存在于檀香木的气味里，存在于脏土堆上的旧洋铁罐里，存在于躺在阴沟中的一只火柴盒里，存在于两张脏纸里，在一个有风的日子，它们会翻滚着沿街道彼此追逐。

因为诗是惊奇，赞叹，如同一个人从天而降，携带着他降落的所有意识，对万物的惊奇。就像一个在灵魂中已认识万物的人，努力想起这种知识，记住他并非因此认识它们，并非在这些形式和条件下认识它们，而是记住而已。

17　艺术家必须天生美丽

艺术家必须天生美丽而优雅；对他来说，崇拜美对他本人必定是不公平的。对一个艺术家来说，发现在他自身中根本没有他为之奋斗的东西，这确实是一件非常痛苦的事。看雪莱、济慈、拜伦、弥尔顿以及坡的肖像，谁会疑问他们是诗人？所有这些人都美，都被热爱和钦佩，所有这些人对生活都拥有爱的温情和神圣的欢乐，像任何别的诗人一样，或任何平常人实际上所有的一样。

18　我总是在考虑

我总是在考虑一件事，它非常有意思，却带来一个不太有意思的问题。我考虑一个人因笔名而不朽的事情，他真正的名字是隐藏的，不为人知。想到这一点，这样一个人并不认为他本人真的不朽，而是一个无名者，实际上［注定］不朽。“然而名字是什么？”他会考虑，什么都不是。“那么，”我会问自己，“什么是艺术，诗歌，以及在其他任何方面的不朽？”

19　我已厌倦信任我自己

1907 年 7 月 25 日

我已厌倦信任我自己，厌倦悲悼我自己，厌倦用泪水可怜我自己。我刚和丽塔姨妈谈过费·科埃略。在结束之际，我再次感到这些症状之一在我心里变得越来越清晰，甚至更恐惧：一种道德的眩晕。在身体的眩晕里，我们周围的外部世界在旋转；在道德的眩晕里，是内心世界的旋转。我似乎暂时失去了与事物的真实联系感，失去了理解，陷入了思想停顿的深渊。这是一种恐惧感，一种迅速促成的不寻常的恐惧。这些感情正变得平常，它们似乎为一种新的精神生活铺好了道路，这当然是疯狂。

我的家人都不理解我的精神状态——不，没有人。他们嘲笑我，鄙视我，不信任我；他们说我希望成为非凡者。他们忽略分析成为非凡的愿望。他们不能理解在成为与渴望成为非凡之间还存在着一种意识的差异。同样的情况是我自己在七岁和十四岁时和小锡兵玩耍；一会，它们是事物，同时是别的事物和玩具；然而，和它们玩的冲动保留下来，那是真实的，根本的心理状态。

我没有人可以信任，我的家人一无所知。我不能因这些事情麻烦我的朋友；我没有真正亲密的朋友，即使有一个亲密的，也是世俗的方式，然而他并非我理解的那种亲密。我害羞，不愿让别人知道我的苦恼。一个亲密的朋友是我的理想之一，我的一个梦，然而一个亲密的朋友是我永不会有的。没有一个人的脾气适合我；在这个世界上，没有一个人的性格接近于我对亲密朋友的梦想。这种事不会有了。

不幸或甜蜜我都没有；它是我的另一个理想和一颗充满真实的虚无的灵魂。它不可能是我的梦。唉！可怜的复仇神！雪莱，我多么理解你！我能对母亲讲真心话吗？如果她在这里的话。我也不能对她讲真心话，但她在场会使我的痛苦减轻许多。我感到如此孤独，像大海中遇难船只的遗骸。事实上，我就是遇难船只的遗骸。因此我对自己讲真话。对我自己？这些句子里有什么秘密？没有。当我把它们重读一遍，我从心里感到疼痛，发觉它们多么虚假，多么像日记式文学！在有些段落中，我甚至已经形成了风格。但是我痛苦。一个穿着丝绸的人可以和一个披着麻袋或披着破旧毛毯的人同样痛苦。

不再有了。

20　致克利福德·吉亚特的一封未付邮的信[①]

福斯提诺·安图尼斯

［我在给你写信］谈谈费尔南多·安东尼奥·诺盖拉·佩索阿的近况，他被认为已经自杀；至少他炸了自己所住的一所乡村房子，他和别的几个人快死了——这桩罪行（？）当时（数月前）在葡萄牙引起了［一场］极大的轰动。我已被要求尽可能快地调查他的精神状况，听说死者在德班中学时和你在一起，务必请你给我写信，坦陈他在该校学生中是如何被看待的。写信时请尽可能在这方面详细描述。对他持什么意见？在智力上？在社交上？等等。他似乎或不似乎能做出我已经描述的行为吗？

我必须请你在这件事上尽可能保密；你知道，它很微妙也很悲哀。此外，它可能是（我多么希望它

① 福斯提诺·安图尼斯是佩索阿的一个异名。克利福德·吉亚特是佩索阿以前的同学，他在回信中谈了对佩索阿的印象。显然，此信并非“未付邮”的。

是！）一个事故，倘若那样的话，我们匆忙的定罪本身就是一桩罪行。这只是我的任务，通过咨询他的精神状况，以确定这场灾难是一桩罪行或只是一次事故。

如蒙早日回复将非常感激。

附克利福德·吉亚特回信反馈的部分内容：

他苍白，瘦小，身体发育不太健全。胸部狭窄收缩，有些驼背。

他有些病态。

[他]被认为是一个非常聪明的孩子。

他学[英语]很快很好，在这种语言上拥有出色的才华。

[他]温驯，不让人讨厌，但不怎么和同学联系。

他不参加任何体育运动，我想他的空闲时间都花在了阅读上。我们普遍认为他工作太多，会因此损害他健康的。

21　阿努的三个散文片段

（1）我的心在体内破碎了一万次[①]

我的心在体内破碎了一万次。我数不过来使我发抖的呜咽，在我心中蚕食的痛苦。

然而我见过别的事，它们也让泪水涌入我的眼眶，使我像颤动的叶子一样摇晃。我见过那些男人和女人献身于生活，希望，都是为了别人。我见过那种极度迷醉的行为，并为之流下欣喜的泪水。这些事，我认为是美的，尽管它们无力实现。在这个粪便堆积的广阔世界上，它们是太阳的纯粹之歌。

（2）我憎恨

我见过那些小孩……

憎恨慈善机构，憎恨习俗，用它的火焰照亮我的灵魂。憎恨在我心中像泛滥的溪流一样升起的神甫和

① 以下三个片段佩索阿署的是其异名查尔斯·罗伯特·阿努。

国王。我做过基督徒，热情，慷慨，真诚；我多情而敏感的禀性要求食物填充它的饥饿，需要燃料供给它的火焰。但是当我旁观那些男人和女人，受苦的和邪恶的，我看到他们多么不值得更坏地狱的惩罚。还有什么比这种生活更残酷的地狱？还有什么比生活更残酷的惩罚？“这种自由意志，”我对自己说，“这也是一种被人发明的习俗和虚假，他们可能惩罚、谋杀，并折磨‘公平’这个词，‘公平’无非是犯罪的绰号，‘你们不要论断人，’《圣经》提到这一点——《圣经》；‘你们不要论断人，免得你们被论断！’”

当我做一个基督徒时，我认为人应为他们犯下的恶行负责——我憎恨暴君，我诅咒国王和神甫。当我抖落基督哲学那邪恶而虚伪的影响时，我憎恨暴政，王位和神甫职业——恶本身。我同情国王和神甫，因为他们是人。

（3）我

我，查尔斯·罗伯特·阿努，人，动物，哺乳动物，四足动物，灵长目动物，有胎盘哺乳动物，猿，狭鼻猿，……男人；十八岁，未婚（除去零星的时刻），自大狂，兼嗜酒狂，超智变质者，诗人，伪装的文字幽默者，世界公民，唯心主义哲学家，等等，等等。（以免读者感到更痛苦）——

以真理、科学和哲学的名义，不携带钟、书和蜡烛，而借助钢笔、墨水和纸张——

对这个世界上所有神甫和所有宗教的宗派主义者做出逐出教会的宣判。

我驱逐你出教

你们全都该死

但愿如此

是根据查·罗·阿[1]所定义

① “查·罗·阿”，即查尔斯·罗伯特·阿努的第一个字母。

22 瑟奇的两个散文片段

（1）契约[①]

由亚历山大·瑟奇——在地狱的任何地方——与雅各·撒旦——同一个地方的主人，尽管不是国王——订立的契约：

1 绝不要脱离或回避对人类行善的目的。

2 绝不要写淫荡或邪恶的事物，这可能会伤害或危害那些读到的人。

3 绝不要忘记，当以真理为名义攻击宗教时，宗教可以被拙劣地代替，而穷人却在黑暗中哭泣。

4 绝不要忘记人的苦难与人的邪恶。

1907年10月2日

撒旦　　　　亚历山大·瑟奇

（他的笔迹）

---

① 以下两个片段佩索阿署的其异名亚历山大·瑟奇。

（2）

1908年10月30日

像我这样爱或温柔的灵魂从未存在过，没有一颗灵魂如此充满善意，同情，对一切事物的温柔与爱。然而，没有一颗灵魂像我一样孤独——注意，并非因外在事物而孤独，而是因内在心态而孤独。我的意思是：随同我伟大的温柔和善意，一种完全相反的元素进入我的性格——一种悲哀、自我中心，自私的元素，因此，其效果是双重的：扭曲并阻碍这些其他品质的发展和充分内在地运行，由于令人忧郁地影响这种意志，阻碍它们充分外在地发展，它们的表现。有朝一日我会分析这一点，有朝一日我会更好地检查，区分我性格的元素，因为我对所有这些感到好奇，联系着我对自己以及自己性格的好奇，这将导致一次理解我人格的尝试。

正是考虑到这些性格，我写作，描述我自己，在《一个冬日》[①]里：

一个人喜欢卢梭……

---

① 亚历山大·瑟奇写的长诗片段。

一个对人类愤世嫉俗的情人。

事实上，我和卢梭有许多、太多类似之处。在某些事情上我们的性格是相同的。对人类热情、强烈、难以言传的爱，以及平衡它的自私成分——这是他，也是我性格的基本特色。

我强烈的爱国苦楚，改善葡萄牙状况的强烈愿望在我心中涌动——如何用如此热情、强烈、真诚的表达——激发出一千项计划，即使一个人能够实现它们，他将不得不拥有一种特色，在我心里这纯粹是消极的——意志力。但我受苦——就在疯狂的边缘，我发誓——似乎我无所不能却无力做这件事，由于缺乏意志。

……

除了我的爱国计划以外——写作《弑君的葡萄牙人》在这里激发一场革命，写葡萄牙语的小册子，编辑古老的爱国文学作品，创办杂志，创建科学的评论，等等；其他计划因很快被实施的需要使我不断遭受折磨——让·色尔[①]计划，对比内-桑勒[②]的批评

---

① 让·色尔是佩索阿的一个法语异名。

② 比内-桑勒（Binet-Sanglé，1868—1941），法国作家，这里指的是其作品《耶稣的疯狂》。

等——结合起来产生了一种过分的冲动，使我的意志瘫痪。这产生的痛苦我不知道是否可以描述为对疯狂的助推。

加上这一切，其他原因仍在刺激痛苦，有些是身体的，另外是精神的，对每个小事物的敏感都能引起痛苦（甚至不能引起正常人痛苦的事物），除此以外，还有其他事物，精神错乱，金钱——将这一切加入我根本的精神失常，你便能推测我的痛苦是什么样子。

我的精神并发症之一——对词语的恐惧——就是对疯狂的恐惧，它本身就是疯狂。

（……）

23 生活准则①

1 尽可能少说知心话。最好什么也不说，但是，如果你想说点什么，就说虚假或模糊的话吧。

2 尽可能少做梦，除非梦直接促成一首诗或一篇文学作品。研究并且工作。

3 尽可能节制，只有内心节制才能指望身体节制。

4 只有随和令人快乐，并非敞开心扉，也不是自由讨论那些与精神生活密切相关的问题。

5 培养专注力，锻炼意志，尽可能通过内省的思考使你自身强大，这样，你就会真正强大。

6 想想你真正的朋友为何那么少，因为几乎没有人适于成为他人的朋友。

7 在你的沉默中尽显魅力。

8 对待小事，以及发生在街头、家中与工作上

① 大约写于 1910 年。

的庸常琐事，要学会迅速处理，不容拖延。

9　像一部文学作品那样组织你的生活，尽可能把多种统一体融入其中。

10　杀死杀人者。

附录：佩索阿年谱简编

1887年，9月19日下午4:05，里卡多·雷斯“出生”于波尔图。

1888年，6月13日下午3:20，费尔南多·佩索阿出生于里斯本的拉沟·德·圣卡洛斯，系长子。

1889年，4月16日下午1:45，阿尔贝托·卡埃罗“出生”于里斯本。

1890年，10月15日（尼采的生日）下午1:30，阿尔瓦罗·德·坎波斯“出生”于阿尔加维的塔维拉。

1893年1月，弟弟郝尔赫出生；7月13日，父亲若阿金·德·希波拉·佩索阿死于肺结核。

1894年1月，弟弟郝尔赫夭折；同月，母亲玛丽亚·马格达莱纳·皮涅鲁·诺盖拉·佩索阿遇到若昂·米格尔·罗沙，一名海军军官。

1895年7月，佩索阿写出了最早的诗篇，是一首献给母亲的四行诗。12月，母亲与若昂·米格尔·罗沙结婚，当时，罗沙已被任命为葡萄牙驻德班的领事。

1896年1月，佩索阿和他母亲到达南非德班，在当地的修道院学校读书。11月，母亲生下亨利基达·曼德勒娜，后来成为佩索阿最亲近的妹妹。

1898年，继妹马格达莱纳·亨利基达出生。

1899年，佩索阿入读德班中学，接受了扎实的英语教育。

1900年，母亲生下路易斯·米格尔。

1901年8月，与家人乘船返回葡萄牙探亲，为期一年，主要待在里斯本。开始用英语写诗。

1902年7月，第一首诗发表在里斯本报纸上，9月返回德班，入读商业学校；继弟若昂出生。

1903年，母亲生下若昂·玛丽亚。11月，获得维多利亚女王最佳英语散文比赛奖金。

1904年7月，以查尔斯·罗伯特·阿努为名发表了一首讽刺诗。继妹玛丽亚·克拉拉出生，于1906年夭折。

1905年8月，从德班独自返回里斯本，与祖母和两个姨妈住在一起。在大学注册。

1906年，短暂地回到母亲身边，假期返回里斯本。

1907年9月，祖母去世，留给他一小笔遗产。

离开大学，开办一家印刷公司，失败。

1908年，开始其终生的兼职工作，商业信函的写作与翻译。

1910年，在波尔图创办杂志《鹰》。

1911年，开始将葡萄牙诗人译成英语。继父从德班移往比勒陀利亚，任葡萄牙总领事。

1912年，再次和姨妈阿尼卡生活在一起。在杂志上发表了数篇论述葡萄牙诗歌现状和未来方向的论文。10月，他最好的朋友马利奥·德·萨–卡内罗去了巴黎。

1913年，在《鹰》杂志上发表文章谈论葡萄牙先锋艺术家阿尔马达·内格雷罗斯的漫画，并与他相识。发表他的第一篇创造性散文,《不安之书》的片段。用英语写色情长诗《喜歌》。

1914年3至6月间，他的三个主要异名阿尔贝托·卡埃罗、阿尔瓦罗·德·坎波斯和里卡多·雷斯诞生。为一位伦敦编辑翻译葡萄牙谚语三百则。11月，他的姨妈阿尼卡去了瑞士，以下六年中佩索阿租房或住公寓。

1915年，开创葡萄牙现代主义的《俄尔甫斯》创刊，佩索阿和马利奥·德·萨–卡内罗为其首领。用英语写挽歌《安提诺乌斯》，论哈德良的青年情人。

开始翻译通神学家布拉瓦茨基夫人的作品。阿尔贝托·卡埃罗“死”于肺结核，但以他为名的诗一直写到1930年。

1916年3月，宣称是一位占星家，开始自动写作，或灵异写作。在数百页的自动写作（多为英语）中，渴望遇到一个女人使他摆脱童贞状态。4月26日，马利奥·德·萨-卡内罗自杀于巴黎一个小旅馆里。

1917年，诗集《疯狂的费德勒》在英国出版失利，10月，发表于杂志《葡萄牙未来主义》上。

1918年，自费出版了两本英语诗集《安提诺乌斯》和《35首14行诗》，寄往英国各大报刊，得到《格拉斯哥先驱报》和《泰晤士文学增刊》（伦敦）的好评。

1919年10月，继父死于比勒陀利亚。11月，奥菲利娅·奎罗斯在佩索阿上班的公司里受雇为秘书，当时她19岁。

1920年3月，佩索阿向奥菲利娅·奎罗斯写了第一封情书。在11月29日的一封信中，他和她断绝了关系。3月底，佩索阿的母亲和她的三个孩子返回里斯本。不久，他的两个继弟去了英国，并在那里读书、结婚、定居。佩索阿，他的母亲和他的继妹亨利基达在露阿·科埃略·达·罗恰16号租了一个公寓。

在这里，佩索阿一直住到去世。诗歌《其间》发表于《雅典娜》(伦敦)。

1921年，佩索阿开了一个名为奥里斯剖的小公司和出版社，并于12月出版了他的两本英语诗。

1922年，奥里斯剖出版了《歌》。一本由公开的同性恋者安东尼奥·博托所写的诗歌（初版于1920年）。

1923年，奥里斯剖出版了劳尔·李尔的一个小册子《被神化的罪恶之地》。7月，佩索阿的妹妹结婚，将半身不遂的母亲接去和她一起生活。

1924年，创办杂志《雅典娜》，在第1期（10月）的创刊号上发表了里卡多·雷斯的20首颂诗。

1925年，在《雅典娜》第4期和第5期（最后一期）上推出了阿尔贝托·卡埃罗的39首诗。3月，母亲去世。秋天，妹妹和妹夫回到佩索阿所住的公寓。11月，他们生下一个孩子曼努埃拉·诺盖拉，这是佩索阿唯一的外甥女。

1926年，佩索阿翻译了霍桑的《红字》，在杂志上连载（1926，1—1927，2）。并与他的妹夫出版了6期商业与会计杂志。为他的发明申请专利：根据姓名和其他任何分类设计的综合年历，可用任何语言咨询。

1927年，文学评论杂志《现场》创刊于科英布拉，青年诗人若泽·雷吉奥首次对佩索阿的作品进行认真批评，称他为“大师”费尔南多·佩索阿。文章认为佩索阿尽管不太出名，但他是葡萄牙在世的最重要的作家。1929年，青年小说家，批评家若昂·加斯帕·西蒙斯发表文章评论佩索阿的作品与个性，并于1950年写了佩索阿的第一部传记。佩索阿的妹妹和家人迁往埃瓦拉，他们在那儿住了三年。

1928年，佩索阿出版了一个小册子《啊，政权更迭期间的空白》。并创造了他的最后一个异名：特夫男爵，他由于不能完成作品而决定自杀。

1929年，出版了《不安之书》的部分篇章，将它归于一个“半异名”贝尔纳多·索阿雷斯，一个生活并工作在闹市区的图书管理员助手（佩索阿去世时，留下了这部未完成的书稿，共五百多页，直到1982年才得以出版）。9月，与妹妹恢复联系。开始和伦敦的阿莱斯特·克劳利（1875—1947，英格兰神秘学家，诗人，小说家）通信。

1930年1月，给奥菲利娅·奎罗斯写了最后一封信。克劳利带女友到里斯本，几周后其女友突然离去。佩索阿怂恿克劳利假自杀，并以此为素材写侦探小说。

1931年，翻译克劳利的《潘神颂》，发表于《现场》；路易斯·米格尔·罗沙·笛阿斯，佩索阿唯一的外甥出生。

1934年秋天，出版《使命》，这是佩索阿有生之年出版的唯一一部葡萄牙语诗集，并获得国家宣传部的奖金，但佩索阿未出席颁奖典礼。

1935年11月29日，佩索阿因发烧和腹痛被送到里斯本的法国医院，在那儿，他用英语写下了最后一句话："我不知道明天会带来什么。"明天带来的是死亡，时间是晚上8点左右，佩索阿死于肝炎。12月2日，他被埋葬于里斯本的一处公墓里，俄尔甫斯小组的幸存者对一小群人发表了一篇简短的演说。

佩索阿去世后，留下的遗稿多达25426件，陆续被整理出诗文集多种，其代表作《不安之书》1982年出版，为他赢得了国际声誉，被誉为"杰出的经典作家"。

1985年10月15日，佩索阿逝世50周年，被迁葬到里斯本热罗尼莫大教堂的圣殿。

1988年，葡萄牙发行了以佩索阿为头像的100埃斯库多纸币。

后记：全译及其缺憾

佩索阿是个翻译家，他写过一篇《翻译的艺术》，认为翻译是“用另一种语言进行的郑重其事的模仿”。就此而言，本书只能算模仿的模仿，因为它是个转译本（部分散文除外）。不过，翻译还可以分成选译和全译。相比而言，选译有一定的自由度，或译自己喜欢的，或译质量较高的。如果一首诗写得确实好，又很讨人喜欢，但译起来难度较大，也可能被放弃。由此可见，难度可能是决定选译的最后一环。而全译则不同，无论集子里作品的质量高下，喜欢与否，难度大小，都要把它译过来。全译之所以被人推重，是因为它可以为读者提供全貌。也许正因为这样，全译留下的缺憾可能更多一些，但我认为这是值得的，因为这是一种没有回避难度的翻译。

佩索阿的大诗人地位早已得到确认。但是到目前为止，他的诗歌汉译本仅有两个集子：一个是张维民译的《佩索亚诗选》，1988 年由社会科学文献出版社出版；一个是杨子翻译的《费尔南多·佩索阿诗选》，

2004年由河北教育出版社出版。作为佩索阿诗歌的首位汉译者，张维民选译了卡埃罗的13首诗。他比较注重意译，而且有简化的痕迹；《费尔南多·佩索阿诗选》是全译，依据的是Jonathan Griffin编译的*Selected Poems*: *Fernando Pessoa*。其中属于卡埃罗的诗共15首。杨子的译本后出，译得更加细致，准确度也增强了。

如果说佩索阿的散文代表作是《不安之书》的话，其诗歌代表作无疑是《牧羊人》。由于非常喜欢它，便有了己之所欲、荐之于人的心理。于是动手把它们全部翻译了过来。《牧羊人》组诗共49首，《费尔南多·佩索阿诗选》中仅译了12首。尽管《恋爱中的牧羊人》没有完成，但我尤其喜欢那8首诗，而《费尔南多·佩索阿诗选》中只译了其中的1首。佩索阿归于卡埃罗名下的其他诗还有70首，其主题和风格与《牧羊人》一脉相承，尽管篇幅倾向于短小，其中的好作品也不少。因此，我把它们作为《〈牧羊人〉续编》一并译出。原诗大多无题，为了便于区分，在编号的基础上增加了相应的题目。诗题一般取自该诗的第一句，为了更好地体现诗歌的范围与主旨，有时略作变通，从诗中相对重要的词句取题，还有个别诗属于另外起名，不一一列举。

卡埃罗诗集的翻译底本是Chris Daniels编译

的 *The Collected Poems of Alberto Caeiro*，同时参考了 Richard Zenith 编译的 *Fernando Pessoa & Co.: Selected Poems* 以及 *A Little Larger Than the Entire Universe: Selected Poems*。相比而言，Richard Zenith 深得佩索阿诗歌的意旨，用词精当，文采斐然，可惜未见到他译的卡埃罗诗歌全集；Chris Daniels 不但收集了卡埃罗的全部诗歌（只有一首独见于 Richard Zenith 编译的 *Fernando Pessoa & Co.: Selected Poems*），而且不少诗歌比其他人整理得更完整。他的翻译比较忠实，但有时误解了佩索阿的诗意。此外，我在翻译的过程中还参考了 Edwin Honig、Peter Rickard、Jonathan Griffin 等人的相关英译。他们的翻译有时差别很大，但我觉得并非误译，而是每个译者都融入了自己的理解。

译作完成后，我曾请教葡语译者闵雪飞。半年后收到她的回复，以及她的卡埃罗诗集译稿。她在邮件中先解释了迟复的原因：当时她正在译阿尔贝托·卡埃罗的诗，“不敢看其他人的翻译，想保持我自己对诗歌的判断与审美”。然后说：“我收回佩索阿必须从葡语译的说法。我想任何译本都是有价值的，都构成了佩索阿在中国的语境。”闵译稿对我的最大作用是澄清了英译本中的混乱。如《牧羊人》第五首后三段中有个词 Richard Zenith 译为 moon，Chris Daniels 译为

moonlight，闵译为“月亮”，我便确定Richard Zenith是确译。如此等等。对比我的翻译和闵译稿，我感觉佩索阿确实是个可以转译的诗人，至少对卡埃罗的诗来说是这样。因为卡埃罗写的是自由诗，不太讲究韵律，诗风精确清晰，侧重于阐释而非意象，因而转译并无太大损失。

本书散文部分侧重于爱情主题和艺术观念两方面。具体包括佩索阿后期散文代表作《禁欲主义者的教育》、佩索阿情书和佩索阿文论选，其中，文论部分主要围绕卡埃罗及其体现的感觉主义思想。这些散文（包括附录）主要来自以下三本书：Richard Zenith的*The Education of the Stoic*和*The Selected Prose of Fernando Pessoa*，以及Edwin Honig的*Always Astonished*。它们有助于读者直接或深入了解佩索阿的爱情生活与艺术观念，并与卡埃罗诗集构成了一个有机的整体。感谢周志刚、胡淼森两位兄弟！本书依据的资料主要来自他们从北大图书馆与国家图书馆的复印本。感谢赵芳为译稿提出的修改意见，感谢家炜兄出版这部译稿！书中如有不妥之处，敬请高明指正（我的邮箱402184227@qq.com）。

二〇一一年一月初稿

二〇一七年一月改定